GAEA

Gaea

The Immortal Gene
月與火犬
7 奈落
星子 teensy——著
Izumi——插畫

月與火犬

目錄

CH01 龍

吼——尖銳的龍吼聲在夜空中響起。

巨龍撲拍著大翅，在空中盤旋數圈，緩緩朝著酒老和狄念祖的方向飛來，巨龍雙眼閃爍著一陣光亮，嘴巴張了張，似乎已見到他倆。

「來了。」

「牠看見我們了。」

酒老頭和狄念祖擺好了架勢準備迎戰，但眼見天上巨龍逐漸逼近，不免有些茫然，畢竟他們可從沒和巨龍作戰的經驗。

「別和牠正面硬碰，等牠下來，繞到旁邊攻擊牠。」酒老這麼說。

「嗯，這頭龍動作僵硬，不像電影裡的龍靈活，落地後，可能連轉身都轉不過來。」狄念祖見巨龍遠在高空時，朦朧的身影看來威風凜凜，但越是逼近地面，動作卻顯得極不協調。仔細望去，只見巨龍腦門上嵌著幾具控制器，控制器上甚至裝著監視攝影機，他見巨龍腦袋不時會古怪地抖動，同時發出斷斷續續的嘶吼，恍然大悟。「有人在遠處控制這頭龍，把牠當作遙控飛機來玩。」

狄念祖和酒老眼見巨龍已經降至離地十來公尺處，便一個往左、一個往右，分頭朝兩邊狂奔。

「吼……」巨龍發出了驚恐夾雜著痛苦的長吼，奮力撲拍翅膀，試圖穩住身子，但巨大的身軀仍不受控制地俯衝落地，在地上滑出好長一條痕跡；腹下數對短小的龍爪甚至被衝力拉扯，擦撞成了古怪的姿勢。

狄念祖繞到巨龍右側十數公尺處，見巨龍落地時如此狼狽，儘管訝然，但早已擺出擊發卡達砲姿勢的他，想也不想，朝巨龍身上就是一拳。

轟——

這並未使出全力的一擊，粉碎了披覆在巨龍軀體上的厚鱗，拳槍深深埋入巨龍的血肉，狄念祖只得伸腳抵著巨龍身體，將手抽出。

他後退兩步，再次擺出拉弓姿勢，準備發出第二拳，但巨龍痛苦的呻吟讓他停下了動作。

他想起先前地下競技場上那頭無助的小猛瑪。

這些日子以來，狄念祖和一批批羅剎作戰，好讓趙水及監視人員觀察他身體變化以及戰鬥能力的增長。那些羅剎是純粹的殺人兵器，一見狄念祖便像猛虎見到牛羊般展開獵食，狄念祖擊殺那些羅刹，心中毫無愧疚。

然而，在一批批運來的羅刹之中，偶爾也夾雜著一些不太主動攻擊、完全被狄念祖當成「沙包」，藉以測試攻擊力量的生物。爲此，狄念祖曾向趙水埋怨，但只會得到趙水的冷嘲熱諷──

「你忘了自己的處境？現在是讓你悲天憫人的時候？不管是羅刹，還是那伽，都是靶獸，差別只在於羅刹比較醜，那伽沒那麼醜，羅刹比較凶、那伽沒那麼凶而已。泥菩薩過江，你顧好你自己吧。」

在理智上，狄念祖並不覺得趙水這番話有何謬誤，他也不願花心思去想擊殺羅刹和擊殺那伽的道德差異，但當他朝這些不具攻擊性的生物擊出卡達砲時，心中仍然不免絞痛酸楚一番。

「唉……」狄念祖轉身往龍頭的方向奔去，見酒老頭也早已奔到龍頭附近，兩人來到離龍頭數公尺處，打量著以往在故事、電影或電視劇裡才會出現的「龍」。

一點也不威風。

一點也不神聖。

巨龍雙目半闔，嘴巴微微張著，舌頭垂在口外，神態倒像是隻精疲力竭的狗。

聖泉實驗室爲了滿足袁唯在樂園裡重現世上各地神話生物的企圖，製造了一系列的「那伽」，天馬、河童、獨角獸、人魚等小型生物都造得有模有樣，但唯獨這頭巨龍卻造得不甚完美。

龍的體型太大，必須靠大得超乎比例的翅膀才能飛上天空，但腹下的小爪卻無力支撐笨重的身體，以致於牠一落地，便只能像條蟒蛇般爬行。

狄念祖覺得古怪，即便是蟒蛇，也不會像這頭龍如此遲緩笨重。他猜測或許是落地時的衝擊讓牠受了重傷，又或許自己剛剛那記卡達砲正中牠身上的要害。他望著龍頭上那幾具控制器和監視攝影機，只見控制器上還不停閃爍著紅光，龍頭一顫一顫地，那是連續遭到電擊的反應。

「牠沒力氣了……」狄念祖有所醒悟：「研究人員將牠當成遙控飛機來玩，牠太重了，光是飛行，大概就耗盡了力氣，而且可能被電到神經衰弱……」

「……」酒老頭望著奄奄一息的龍，默然半晌，突然高高一躍，躍到龍的腦袋上，讓右手肘生出鈍角，在巨龍腦袋上敲敲摸摸，說：「讓牠解脫吧……但這傢伙腦袋太大，就不知道能不能一擊斃命。」

酒老頭猶豫之際，巨龍腦袋上的控制器嗶嗶乍響起來，巨龍像是受到極大的刺激，眼睛陡然睜開，猛地一抬身，像條蛇般將身子高高立起，足足有數層樓那麼高。

酒老頭早一步躍下龍頭，和狄念祖一同退後，不解地望著那頭大龍。

只見那龍身子震顫著，身上鱗片紛紛張開、豎起，甚至剝落，巨長的龍身隆動起來，一條條怪異長足自龍身下腹處破體長出，那些長足一條條踏在地上，總算費力地將身子支撐起來。

「這什麼鬼東西！龍是這樣子的嗎？」酒老頭瞪大了眼，不可置信。

巨龍的身軀兩側生出了數十條長足，遠遠看去更像條大蜈蚣，巨龍仰長了身子，長嘯幾聲，朝著酒老頭和狄念祖奔衝而去。速度比他倆想像中更快，像是一列失控火車。

狄念祖和酒老頭一左一右，避開直衝而來的巨龍。巨龍繞轉長身，追擊狄念祖。

巨龍繞成了一個圓圈，將狄念祖困在那圓圈之中。狄念祖左顧右盼，只覺得四周長足轟隆隆的踏地聲震耳欲聾，身處的圓圈空間逐漸縮小，巨龍仰了仰頭，朝著狄念祖俯衝而來。

狄念祖連忙側身滾開，避過這一咬，巨龍的身手本便極不協調，這麼一衝，腦袋撞上另一側身軀，數對長足纏絆在一起，不停掙動著。

「好笨的那伽！」狄念祖翻起身來，只見酒老頭又躍上了龍身，踩著龍身背鰭向前奔躍，躍上龍頭。左手按著龍角，右臂高高舉起，手肘處突出粗實鈍角，喝地一聲，一肘重重轟在龍頭那具最大的控制器上。

「吼——」巨龍發出沉沉的長吼，身子奮力一抬，挺起數公尺高，卻沒能甩脫酒老頭。酒老頭揪著龍角，朝牠腦門上那處被剛剛肘擊打凹的控制器，再補上數拳。

「吼！」巨龍上身掙扎著甩動數下，像是用盡了力氣，轟隆撲倒在地。

酒老頭還不罷手，一把將龍頭上數具控制器全摘了下來，血淋淋地扔在地上。只見傷處的血洞深可見骨，骨上有數個小洞，連接著數條線路，在酒老頭蠻力扯脫之下，幾處血洞都出現了裂痕。

「忍著點……」酒老頭呼了口氣，高高舉起拳頭，他的拳頭指末關節處突出數支鈍角。

狄念祖仰頭看著，知道酒老頭要給這巨龍致命一擊了。

巨龍本便虛弱的身子一癱，數十對長足紛紛軟倒，雙眼也微微閉上，似乎沒等酒老頭攻擊，便已斷了氣。

酒老頭呆了呆，放下拳頭，躍下龍身，來到龍頭正面，拉了拉牠的眼皮，望著巨龍眼睛半晌，說：「牠死了。」

「今天的測試就只有這頭龍？」狄念祖狐疑地跳上龍身，四處張望，只見遠處幾座監測高台全無動靜。

「小子。」酒老頭一把摘下龍頭上的監視器，一腳踏得粉碎，仰頭喊著狄念祖：「快跟我說你到底在打什麼算盤？」

「嗯……是這樣的……」狄念祖在龍身上坐下，準備用最簡單的方式將袁唯的計畫告訴酒老頭，但他才剛坐下，就感到屁股底下的龍身發出陣陣鼓動，嚇得他又站了起來。

酒老頭後退兩步，訝異地望著發出不自然抖動的巨龍屍身，那些歪斜交錯的長足，又紛紛伸展、站立起來。

「裝死騙我？」酒老驚怒交加，正想再次躍上龍頭攻擊，卻見那巨龍上半身微微抬起，一顆龍頭卻歪歪斜斜地垂著，龍目無神地半睜著，口中還淌出混濁的液體，的確是死透了的樣子。

「哇！」狄念祖突然覺得腳下的龍背一陣鬆軟，趕緊跳下地面，只見巨龍身子自他踩著的地方裂了開來，裂口兩端擠出兩頭古怪異獸。

這異獸一顆頭連著軀幹，狀似葫蘆，又似花生，卻生著一雙垂地長臂，以及一雙長得怪異的大爪——那雙大爪，正是自龍身下腹處長出的長足，此時一頭頭異獸自龍身破體而出，牠們撕開巨龍軀體，自牠下腹處將長足抽出，數十頭異獸將酒老頭和狄念祖團團圍住。

「原來……如此！」狄念祖不敢置信地望著那些異獸，再望望那頭死去的龍，喃喃說著：「龍只是載具，這些傢伙才是殺手……想出這東西的傢伙，腦袋裡到底裝著什麼？」

「哼！」酒老頭根本不願揣測這些研究員的心思。他馬步一蹲、一吸氣，雙腿變得粗壯結實；一記正拳擊出，將一頭甩著血肉黏液、步步逼近的異獸擊飛好遠，氣憤地罵：「哼哼，瘋子，全是瘋子！瘋子們想看猴戲，老頭子就要給你們看，來！」

酒老頭反身一肘，又頂倒一頭異獸。

「別太激動，酒老。」狄念祖低聲附和，拉拳上膛，也轟倒一頭躍來的異獸，對酒老頭說：「這些戰鬥只是例行測試，他們不會派出太過強悍的傢伙，我們只要穩紮穩打，就不會有危險。」

「小子！」酒老沉聲一喝，猛地抬腳，在一頭倒地異獸身上踏出一個凹坑。「才一陣子不見，你以爲你能教我打架啦？」

「不敢。」狄念祖訕笑兩聲，且戰且走，繞到酒老頭身後，低聲說：「但關於這個地方的一切，我確實比你熟悉。你手下留情，別一拳宰掉一頭，打慢一點，我才有時間把知道的事全告訴你。」

「你說吧。」酒老頭點點頭，攻勢趨緩，架住一頭異獸雙手，甩著牠驅趕其他逼近的異獸。

狄念祖揮動拳槍，卻不全力攻擊，而是連連輕揮刺拳，和那群異獸揮來的長手遊鬥，他說：「袁唯將我們囚禁在這裡，接受身體上的改造和殺人訓練，再過幾天，還要接受洗腦。他們有儀器和藥物，可以讓我們由內而外變成符合袁唯心中的惡魔。他有一套他自己想像出來的神話故事，在這個故事裡，我們扮演妖魔鬼怪，殘殺世人，袁唯則會適時挺身而出，帶領正義的天神軍團來擊敗我們。在這之前，我們得替他殺很多很多人。」

「太可笑了！」酒老頭哈哈兩聲，一肘擊斃一頭異獸。

狄念祖朝著一公里外一處閃著光亮的工地指了指。「洗腦實驗室就要完工了，再過幾天，我們就要分批接受洗腦。到了那時候，我們會忘記所有以前的事，變得六親不認、變成和這些傢伙類似的生物，做著和牠們差不多的事。」

「所以我們得在被洗腦前逃出去？」酒老問。

「不……」狄念祖搖搖頭，拍了拍自己後頸上的電擊控制器。「現在日日夜夜都有人盯著我們，我們脖子上還裝著電擊器，不能輕舉妄動。我們接連吃了幾次敗仗，已經退無可退。這次無論如何得計畫周全，現在我們受制於脖子上的東西，硬碰硬只有死路一條。」

「就算是死，我也不會當袁唯的走狗！」酒老頭白了白眼，又擊斃一頭異獸。

「我們需要趙水的幫助。」狄念祖說：「尋常的新物種或人類，只要進了洗腦實驗室，都無法抵擋聖泉洗腦儀器的效力。我有辦法讓大家不被洗腦，但需要你們配合。」

「你有什麼辦法？」酒老頭問。

「應該說，趙水有辦法。」狄念祖簡單解釋了趙水與洗腦實驗室幾個老研究員之間的過節。「趙水也是黑雨機構出身，黑雨機構的前身大都是袁煒、吉米的手下研究員，是聖泉裡最擅長洗腦的其中一批研究員。他有特製的藥物和一些『小東西』，能夠幫助我們抵抗洗腦儀器，但最關鍵的地方，在於大家的演技。」

「演技？」酒老頭有些不解。

「我們沒被洗腦，但得裝出被洗腦的樣子。」狄念祖這麼說：「否則那些研究員發現儀器對我們無效，肯定會想出更殘酷的辦法來玩我們。只要我們能熬過洗腦這一關，就有更多時間來思考如何逃亡，以及逃脫後的計畫。」

「我大概明白你的意思。」酒老頭問：「你告訴其他人了嗎？」

「不。」狄念祖說：「這部分就得靠酒老你了，我管不住那些人的嘴巴，他們只聽你的。我想大家都不願意被洗腦、都不想做袁唯那神經病的殺人兵器。想逃出這個地方，我們得齊心協力演好這齣戲。」

「我會把你的話帶給大家。」酒老頭點點頭，一腳踹倒一頭異獸，說：「小子，我這老頭子沒什麼頭腦，這種爾虞我詐的詭計我一點也不在行，你一副胸有成足的樣子，我就聽你的。但如果這次還是失敗了，我也會按照我自己的方式，多宰幾個渾蛋。」

「我也是。」狄念祖點點頭，壓低身子，將拳槍拉至腰間，上膛。「我們之前接連吃了好幾次敗仗，這是我們最後的機會了。」

狄念祖此時的模樣看來有些古怪，他的兩頰、脖頸和額頭都長出薄薄的青褐色甲殼，左臂上的衣袖也被增長出的甲殼硬刺刺穿了好幾個洞。

在聖泉幾名頂尖研究員的攜手合作下，狄念祖身上的急速獸化基因受到控制，且能夠有限度地自由運作，帶給他超乎尋常的肉體強度和運動能力，且不再像先前那樣因爲異常的長生基因使得身上生滿長毛；這讓他能夠保持正常人的樣貌，並在必要時如同變化拳槍般地讓皮膚長出厚甲，來強化戰鬥能力。但如此理想的狀態，自然也必須借助趙水調製的特殊藥物來維持。

狄念祖並沒有詢問趙水，一旦停止服藥後，自己會變成什麼樣子，因爲趙水未必會照實回答。這些日子以來，夜間訓練時，他有時會感到自己體內充滿力量，有時又會感到胸口有股亟欲宣洩的怒火被怪異地壓抑著，有時又覺得全身從內到外都空蕩蕩的；他有種自己或許活不久了的預感，事實上他也不覺得自己是個人了。袁唯召集聖泉幾位最頂尖的研究員拯救他，可不是因爲欣賞他或是可憐他，他們只是暫時維持他的生命。爲了激發他的潛能，甚至改造了他的五臟六腑，好讓他在袁唯的劇本中，稱職地擔任絕佳的反派要角，襯托袁唯的光明與偉大。

「小子！你在發什麼呆？」酒老頭怪喝一聲，瞬間將兩頭逼近的異獸擊倒，對著即將被三頭異獸襲擊的狄念祖大吼。

「我沒有發呆──」狄念祖在一頭異獸將大爪揮至距離臉龐僅兩公分處時有了反應，他側開身子，閃到異獸右側，左手一記卡達砲鉤在異獸腹部，將那異獸打得彎下了腰，接著，碩大的右拳轟出。

那異獸被打飛好遠，七零八落地摔在地上。

狄念祖的動態視力和身體反應比以前快速太多，那些異獸看似敏捷的動作，此時在他眼裡彷彿小孩嬉鬧。他幾乎有百分之百的把握，能夠在那些異獸掃動的大爪揮到臉面之前、側頭閃開的同時，迅速繞到對手側面或是背面進行反擊。

他左右繞了繞，那些長爪異獸一頭頭飛起或是倒地，狄念祖的身手雖然快捷，但顯然並不熟練，每一次閃避或是攻擊都會停頓一下，像是在思索「該往左還是往右」、「該用鉤拳打這傢伙，還是一腳踹飛牠」之類的策略。

狄念祖的身體雖然經過改造，但顯然他和先前的阿嘉一樣，尚未習慣戰鬥。

「小子，你變得比我想像中還厲害——」酒老頭見狄念祖宰殺那些異獸像是嗑瓜子、剝花生那樣輕鬆，不禁咋舌。

「趙水說，在未來幾個禮拜，我會越來越厲害，他要我學會控制這樣的力量……但是我一點也不覺得高興，因爲這是在急速獸化基因的作用下，用我未來幾十年壽命濃縮出來的力量。」狄念祖繞到一頭異獸後頭，高高舉起左手。他讓左手胳臂、拳頭也化出硬甲，雖然不及右手拳槍那樣巨大駭人，但同樣堅硬。他並未發動卡達砲，而是像孩童打架般在異獸腦袋上重重一敲，將牠敲倒在地。「趙水說我的壽命，可能剩不到一年。」

「代價眞不小。」酒老頭先是一呆，接著喃喃回應。

「何止不小，簡直是虧大了。」狄念祖苦笑了笑，右手拳槍向下，直直抵在那異獸腦袋上。

砰砰——

狄念祖抵在異獸腦袋上的拳頭發出了猶如槍聲的巨響，他揚起拳頭，異獸已經死去，額頭上多了幾個彈孔，淌出青綠色黏液。

狄念祖的拳槍能夠擊發子彈，射擊動力來自拳槍裡能夠造成氣穴效應的複雜構造，子彈則和甲殼同樣材質，能在體內自行生成。槍口位在拳頭四指間的三處豎縫，在擊發的瞬間，豎縫會如同睜眼般睜開來。拳槍的射擊威力雖然遜於眞槍，但子彈呈尖錐狀，近距離的殺傷力可不容小覷。

「沒了。」酒老頭隨手撿起地上的青草、砂石，抹去濺在身上的血跡，左顧右盼，自巨龍身軀鑽出的異獸幾乎死盡，一些沒死透的，也爬不起來了。

遠處幾座監視高塔上的紅色警示燈號熄滅，先是轉成綠燈，接著又轉換成閃爍的黃色燈號。

「呿！小次郎那小子拖得太久，今天的測試結束，監視人員要下班了，在催我們回去吶。」狄念祖吁了口氣，讓拳槍緩緩變化爲人手，對酒老頭說：「酒老，先別急著把事情昭告所有人，你們睡的地方裝了不少監視器。今晚想仔細點，明天開始，趙水會安排時間讓大家輪流碰面，大家一個個把話傳下去，你得叮囑他們一定要穩著，千萬別露出馬腳，我們計畫裡最重要的一點，就是口風要緊，演技要逼真。」

「知道了。」酒老頭點點頭，和狄念祖一前一後返回各自房舍。

CH02 幻境

「記住，保持你的憤怒，想想你這輩子最厭惡的人，想想他嘲笑你時的樣子——」

狄念祖低著頭，默默唸著五分鐘前趙水的叮嚀。

前方廊道瀰漫著油漆味，多處角落堆積著粉刷工具和裝潢材料，一個穿著淺藍色工作服的研究員領著狄念祖繞過了三處轉角，走入一間實驗室。

這間實驗室相當寬闊，其中半邊還有不少工作人員忙著組裝剛運送來的儀器設備，另外半邊擺放著七座大型透明艙箱。

七座艙箱只有一座空著，其餘六座裡頭分別是酒老頭、鬼蜥、豪強、黑風、小次郎和百佳，他們赤身裸體地漂浮在淡粉紅色的透明黏液中，像是嬰孩般沉沉睡著。

「他就是前資安部總監的兒子？」一群研究員圍在幾張辦公桌旁，同時望向狄念祖，也不知是誰發的聲。

那兒幾張辦公桌相當凌亂，十多台電腦主機隨意擺在地上或矮櫃上，臨時設置的資料櫃堆滿各式各樣的資料文件，一旁還有著堆積如山、尚未拆封的紙箱，全都是自黑雨機構運來的資料和用具。

狄念祖瞥了他們一眼，知道其中四個看來地位較高的研究員，應當就是趙水口中的

「老傢伙」。

其實「老傢伙」並不如狄念祖想像中那麼老，四個人當中年紀最大的，也不過六十餘歲，頭髮看來雖然不像年輕人那樣烏黑，但也堪稱濃密；他身材高大結實，看起來像是四人當中的頭頭，胸前名牌上的姓氏是「吳」，是趙水最痛恨的傢伙——吳高。

趙水說吳高這人外表看起來正氣凜然，心思卻陰險至極，四人之中，就屬他最難對付。

「是啊，他就是狄念祖。」領著狄念祖進來的研究員這麼回答。

「來，我們瞧瞧。」吳高哈哈一笑，朝狄念祖指了指，領著眾人朝他走去。

「哈哈，奈落之王，好有意思的想法，袁老闆怎麼想得出這個點子？」一個矮小傢伙這麼說，狄念祖瞥了他的名牌一眼，上頭的姓氏是「孫」。

「老孫」是孫博士的外號，五十餘歲，四人之中，趙水對老孫的恨意少些，但最鄙視他。老孫個頭矮小，頭頂禿了大半，戴著一副混濁油膩的厚重眼鏡。趙水說老孫就像是品味極端劣化後的吉米，身為女奴計畫核心成員的老孫，好色程度不下於吉米，但位階遠不如他，得不到女奴配額，但實驗中一旦出現了必須淘汰的嚴重失敗品，不論外觀看來再怎麼令人作嘔，老孫都會喜孜孜地接收、納為私用。實驗室裡沒人知道老孫怎麼處理那些失敗品，也不想知道。

另外兩名「老傢伙」，一個姓王、一個姓林，趙水喊那姓王的作「王八」，喊那姓林的作「林龜」，這樣的稱號自然都包含著趙水的偏見。狄念祖也懶得探究他們本名，僅從他們名牌上的姓氏分辨他們誰是林龜、誰是王八。

在領路研究員的指示下，狄念祖脫去衣褲，躺上床，任由研究員以冰涼的酒精擦拭全身，在身上幾處貼上監測貼片。

吳高則領著老孫、林龜和王八等人圍到床邊，盯著狄念祖的身體，來回檢視，不時伸手摸摸他的右臂。

「哼哼，他這隻手眞有那麼厲害？」老孫捏了捏狄念祖的右臂，酸溜溜地說：「趙水那小子當初瞞著我們繼續研究卡達蝦基因，還眞讓他研究出了名堂。」

「我覺得趙水當初就沒有把眞正的成果交給我們，那傢伙的眼神就一副不甘願。」林龜這麼說。

「你們沒看那小子前兩天那副囂張的德性，他以爲自己就此和我們平起平坐了。」

王八嘿嘿笑著說。

「平起平坐？」吳高哈哈一笑。「那可能是他以前成天作的美夢。」

「現在可好啦，美夢成眞囉。」林龜這麼說。

「沒那回事。」老孫連連搖頭。「等我們接手之後，夢就要醒了。」

「或是變成惡夢。」王八這麼說。

四人哈哈大笑。

「……」狄念祖面無表情地望著天花板上的燈，任研究人員以沾有酒精的棉花在兩側太陽穴上擦拭消毒。

他感到太陽穴表面發出一陣刺痛，那是研究員將麻醉針頭扎入了他的皮膚所致。疼痛很快因爲麻醉效力而消失，他雖然看不見研究人員在自己頭上做些什麼，但他知道自己就和酒老頭與小次郎一樣，腦袋被接上一具形似耳機的古怪儀器，那是洗腦工具的輸出設備。

那儀器不僅緊緊嵌著他的太陽穴，且部分裝置深入他的耳道，與耳道貼合度極高，讓他幾乎聽不見任何聲音。

同時，研究員以兩塊黑色軟膠黏住狄念祖雙眼，那軟膠冰冰涼涼，卻沒有刺激性，狄念祖不覺得難受，反倒有些舒服。

「來，戴上氧氣罩。」

突如其來的說話聲讓狄念祖嚇了一跳，這才明白那儀器的確有耳機的功能，他聽話地仰起頭，讓研究員替他戴上氧氣罩，牽著他下床，走上階梯。

他知道自己被帶進那透明艙箱裡，他乖乖站著，一動也不動。一分鐘後，他感到腳底傳來了怪異的觸感，他抬了抬腳，原地踏步幾下，只覺得濕濕黏黏，像是踩進了勾芡的太白粉湯汁中。

「別亂動。」吳高的聲音透過耳機傳入狄念祖耳裡。

「是。」狄念祖點點頭，任由粉紅色透明黏液蓋過了他的膝蓋，淹過了他的腰際，漫過他的頭頂，最後注滿整個艙箱。

透明液體的濃度像是經過精心設計，密度接近人體，能夠讓他整個人漂浮其中，但又不會被推擠至艙頂。

狄念祖呼了口氣，緊張的情緒逐漸放鬆，此時的漂浮狀態讓他覺得舒服極了，任何一張床都無法帶來如此的舒適感。他看不見東西，甚至分不出上下，他覺得自己像是漂浮在無重力的太空中。

滴答滴答滴答——

滴答滴答滴答——

耳機裡傳來有如時鐘秒針走動的聲響，這讓狄念祖略微警覺了些，他知道掩住口鼻的氧氣罩會釋放出能夠讓他進入夢鄉的氣體。

洗腦裝置要開始運作了。

□

一瞬間。

或者是過了五分鐘、八分鐘。

狄念祖覺得自己看見了東西，是一些模糊不清、不停晃動的人影。

那些人影在他身邊來來回回地穿梭走動，他看不清那些人的臉面，甚至分不清是男是女。

人越來越多，四周越來越擁擠，擠在他前後左右的人們似乎不停說話，他們的嘴巴快速張闔著，發出一連串聽不出內容，甚至聽不出是哪國語言的話語聲，嘰嘰喳喳個不休。

這讓狄念祖感到心煩氣躁。

人們推擠著他，將他推倒在地，笑著、在他身上踩踏著，一隻隻手在他身上搥打，捏扯他的耳朵、拉扯他的鼻子和眼皮。他想要伸手阻止，但他的手腳都被人們牢牢抓著，動彈不得。

這些近乎攻擊的動作，雖然遠不及這些日子以來，他在戰鬥中所承受的皮肉傷，但卻莫名地令他煩躁不堪。儘管他一個字也聽不懂，但在耳際迴盪的說話聲和調笑聲就像尖刺一樣鑽進他的耳道、刺破他的耳膜，在他腦海裡奔騰跳躍、來回激盪。

同時，各式各樣、不停變化的臭味，刺激著他的鼻腔，那都是些熟悉的氣味，是人的氣味，沒洗頭的油頭味、腳臭味、狐臭味、口臭味、汗臭味。

「臭死了、煩死了，給我滾開，你們全都滾開——」他想大叫，但張口卻發不出任何聲音，只覺得心中的煩躁快速膨脹著。

這迅速累積的煩躁感，漸漸地變成了怒意。

一陣又一陣的怒意，凝聚成深深的憤恨。

他咬牙切齒地奮力掙扎，總算掙脫了四肢的束縛，但四周依然擁擠，來自四面八方的搥打和擰捏像是蜂群一樣地螫著他全身上下，鑽進耳朵裡的聲音更加巨大響亮，他頭痛欲裂，怒火幾乎要從眼耳口鼻裡炸出來了。

砰！

在他的拳頭擊中一名伸手捏他臉頰的男人胸口時，他感到渾身上下湧現了一絲愉悅感。

鼻端嗅到了芬芳氣息。

四肢軀體一陣酥麻。

耳邊寧靜下來。

他輕飄飄地彷彿置身天堂——

僅是那麼一瞬間，可能連一秒鐘都不到。

然後他再次落入地獄，擁擠、惡臭、一隻隻不分男女老幼、帶有敵意的手攻擊著他全身上下，刺耳的說話聲和笑聲吵得他腦袋劇痛。

他憤怒地鼓足力氣，攻擊身邊所有人，不管是男人也好、女人也罷，他都揮拳相向，即使是老人、小孩，他也絲毫不留情，他甚至覺得拳頭砸在小孩臉上那一瞬間，舒服得幾乎要流下淚來——

滋！

一陣與此時情境、氣氛極不協調的激烈刺癢感，自他體內發出，那樣的刺癢難以言喻，像是脊椎被一隻凶悍蟲子狠狠叮了一口。

這突如其來的刺癢感，讓他呆上數秒。接著，他的注意力又被四面八方的人們吸引住了，他又開始覺得怒火沖天，他的拳頭高高舉起。

滋滋！

那刺癢感覺再次出現，且每隔兩、三秒，便從他後背脊椎處發出。除了刺癢，還有劇烈的刺痛，有時是手指、有時是腳趾、有時是腰間，那刺痛感不亞於毒蜂、巨蟻和蜈蚣之類的攻擊。

刺痛和刺癢交錯出現，幾乎覆蓋過四周人們的騷擾。

「啊！」狄念祖猛然想起了什麼，大力地拍打並擰捏著自己的雙頰。他定睛一看，四周空蕩蕩的，一個人也沒有。

「差點就被洗腦了……」狄念祖呆愣愣地望著自己的雙手，只覺得視線仍然模糊不清，他知道自己此時仍沉睡夢鄉，現實世界的他，想必和剛剛所見到的酒老頭、百佳那般，像個嬰孩般漂浮在透明艙箱中。

他知道酒老頭等人此時和他一樣，正竭力抵抗著洗腦儀器。

他抓了抓不停發出刺癢的後背，趙水在他們體內注入三種寄生蟲，這三種寄生蟲分別潛伏在脊椎處製造刺癢感、在四肢軀幹製造疼痛，以及在腦部施放微弱電流反制洗腦儀器。

且在進行洗腦前，狄念祖等人也服下趙水親手調配的藥物，能夠維持神智清醒，因此本來應該沉沉進入夢鄉的狄念祖，此時彷彿身處在將睡未睡、半夢半醒的狀態中。

他覺得腦袋嗡嗡作響，那是他腦內寄生蟲所發出的微弱電流，一來可以反制洗腦儀器的效力，二來能夠干擾監測腦波的儀器，讓監測人員察覺不出異狀。

狄念祖盤腿坐下，看看夢中世界裡自己模糊不清的手腳，他彷彿能夠感受到真實世界中包覆著他身體那透明黏液的黏濁流動感。

他曾經作過幾次清醒夢，但大都恍恍惚惚，一下子就醒來了，此時在洗腦儀器和反制寄生蟲及藥物的互相抗衡之下，他彷彿跌入了兩個世界的夾縫中，進入了奇異的模糊地帶。

「難道我要這樣坐上一整天？」狄念祖知道第一次的洗腦程序，要進行八至十小時，之後每天要「複習」兩小時，以強化洗腦效力。

這些天在趙水的安排下，酒老頭與狄念祖分別和小次郎等人愼重溝通過，大家的配合度比狄念祖想像中還要高出許多，即便是多話的小次郎和豪強，也乖乖聽從狄念祖的指示，默默記著所有反制手段，以及洗腦後面對吳高等人觀察面談時的應對進退，畢竟所有人都不願意被袁唯當成玩具戲弄一番之後，揹著臭名冤枉地死去。

這是背水一戰。

「唉，好無聊……」狄念祖在朦朧的夢境中站起，原地轉圈，四周空蕩蕩的，遠處的景象晃動不休，什麼也看不清楚。

他索性漫步起來，走著走著，四周出現了一些景象，是街道市景。他突然想起，趙水曾叮囑過他，越是能夠盡力維持夢境的自由度，保持清晰的思維，就越能夠抵禦洗腦儀器。

「好久沒回家了……」狄念祖望著眼前的公寓，那是自己的家，他曾在這個家安安穩穩度過了許多年，卻因爲一隻自作主張的虎斑貓替他打了一針，而產生天翻地覆的變化。

他回過神來，發現自己已走上樓，來到家門前，不由得呆了呆，摸摸口袋。在他掏出自家鑰匙的同時，也發現此時身上衣著不知何時變成了以往常穿的休閒裝扮。

他開了門，家中擺設依舊，幾乎就是傑克找上門之前那幾天。

客廳桌上堆著一些包裝零食，冰箱打開盡是些微波食物，他的臥房堆滿了電腦主機，這些主機後來被他全搬上車，此時他的車應該還停在華江賓館附近的巷弄裡。

狄念祖抓抓頭坐下來，盯著電腦螢幕，正想按下開機鍵，才發現電腦早已開著。他知道自己身處夢境之中，對一些不合理的瑣碎細節也不以爲意。他操作滑鼠，點開網路瀏覽器，快速看過幾則新聞，那些新聞都是數個月前發生的事。他仔細看了看內容，對當中幾條重大新聞報導感到有些熟悉；他知道此時這些網頁裡的內容並非憑空產生，而是自己的過往記憶。儘管當時他看這些新聞時不曾刻意記下，但此時這些新聞內容，卻清晰地浮現眼前。他知道透過催眠，可以喚醒一些早已被遺忘的記憶，或許此時的他在洗腦儀器與反制藥物的交互作用下，能夠清楚地回顧一些以往的記憶。

當他意識到這一點時，突然感到有些興奮。他立刻站起身，走出自己的房間，來到狄國平的書房門前。

在開門之前，他忍不住深深吸了口氣，才轉動門把。

門開了，他有些失望。

他本來以爲或許門一開，可以見到爸爸，儘管只是夢，儘管只是記憶，但此時他對爸爸的觀感已和以往大不相同。他想和爸爸說些話，說什麼都行，即使那只是個虛擬的形象也無妨。

「……」狄念祖在無人的房中默然半晌，四處走了走，房中的擺設景致和他離家前如出一轍。

他在爸爸那張褐黑色電腦桌前坐下，盯著不知何時開啓的螢幕，桌面上那些圖示他十分熟悉，許久之前，他曾經爲了自爸爸的電腦中查出一些外遇的蛛絲馬跡，把裡頭的資料仔細研究了一番。

他一一點開那些圖示，不禁有些訝異，剛才在自己電腦裡看到的幾則新聞，僅顯示出他曾經看過那些新聞，但他無法深入辨別內容是否準確無誤，然而此時這些應用程式一一開啓，每個圖示相對應的應用程式，都和他記憶中沒有分別。

他點開一個通訊錄程式，查看聯絡人名單，裡頭有三十二個男性和十六個女性，大都是狄國平在聖泉任職時的公司同事，狄念祖曾經針對這份名單進行過長時間的追蹤和偵查，他對裡頭每個人的聯絡資料都能倒背如流。

一字無誤。

「人的大腦……簡直就像硬碟一樣……」狄念祖呼了口氣，知道此時的夢境來自於他的記憶，在藥物和洗腦儀器的作用下，這些記憶百分之百地呈現在他眼前。

「還有好幾個小時，能夠做些什麼呢？」狄念祖望著爸爸的電腦，又點開一些資料夾，裡頭的文件都和記憶中完全相符，他知道自己此時能夠像查閱字典般查閱自己的記憶。

他讓身子向後仰躺，用雙臂枕著頭，遠遠盯著爸爸的電腦螢幕，思緒飛快繞轉。

這張黑色桌子堆積著他的喜怒哀樂，甚至更甚於他自己的書桌；他曾經花了無數個夜晚，坐在這個位置，瞪著充滿血絲的眼睛，盯著眼前的螢幕，發誓要找出那隻令媽媽傷心難過的狐狸精；若將時間推向更前，他也曾開開心心地窩在這張桌前，和爸爸一起玩著各式各樣的新奇遊戲。

「！」狄念祖睜開眼睛，發現螢幕上的圖示有了些許變化。

雖然眼前的電腦螢幕和主機在外觀上，仍是狄念祖離家前那款機種，但是螢幕上呈現的內容，卻大不相同。

是舊電腦。

是爸爸和媽媽感情生變前那台電腦。

他的記憶向前翻頁了。

狄念祖看看四周，書房的擺設並沒有隨著電腦內容改變，但螢幕裡頭的桌面圖示，卻向前跳躍了好幾年。

「哇喔——」狄念祖情不自禁地喊了一聲，接連點開數個遊戲，都是他以前喜愛的舊遊戲，這些舊遊戲大都隨著爸爸的電腦升級而一併遭到砍除，此時卻清晰地重現眼前。

「對了。」狄念祖猛然醒悟，此時見到的畫面，自然也是他的兒時回憶，那時他一天到晚找機會溜進爸爸房間開電腦玩，到處檢查爸爸是否將新遊戲藏在各個資料夾中，這些記憶隨著時間流逝而被埋藏在腦海最底層，在真實世界裡的他，無論如何是想不起來了。

但此時不同。

此時的他，檢視著過往記憶，如同點閱電腦裡的資料夾，他能夠任意查閱任何曾經映入他眼簾的資料，至少，在這台電腦上是如此。

「只要我曾經看過，現在就能準確無誤地重現眼前？」狄念祖好奇地回味起那些過往遊戲，偶爾伸手摸摸後背和四肢，眞實世界中，他體內的寄生蟲仍不停作用著，規律地刺激著脊椎和肌肉，以保護他不受洗腦功能侵襲。

然而夢境終究是夢境，他雖然能從螢幕上看見老舊的遊戲畫面、聽見熟悉的音效配樂，但操作手感自然和眞實世界大不相同，不能隨心所欲地控制遊戲進行，不過他也不以爲意，一一點開老遊戲回味一番，然後關閉。

「這啥？」狄念祖呆了呆，瞥見角落一個簡陋的程式圖示──圖示的程式捷徑名稱爲：「念祖的月考成績單.exe」

「我的月考成績單？」狄念祖點開程式，只覺得裡頭的畫面粗糙難看，但他確定自己曾經玩過這東西，過往的回憶像是打翻了的水缸般湧溢而出。

是爸爸自製的爛遊戲。

畫面中那造型如同火柴人般的小傢伙，就是遊戲主角，按照遊戲說明，似乎是狄念祖的化身。

隨著狄念祖操縱，火柴人在畫面裡左右走動，和其他火柴人進行對話。狄念祖從那些火柴人的台詞中，大致能夠分辨出裡頭的角色，有狄國平、有媽媽、有鄰居阿水伯、有便當店老闆娘……

「念祖啊，這次月考考得怎麼樣啊？」火柴人阿水伯這麼問。

「考得很好。」

「考卷讓阿水伯看看吧。」火柴人阿水伯問。

「考卷掉了。」

「掉在哪兒了？」火柴人媽媽問。

「我怎麼知道，如果知道，我就能找出來了。」

「成績如何？」火柴人爸爸問。

「還不錯啊。」

「到底考了幾分呢？」火柴人便當店老闆娘問。

「啊！是那一天！」狄念祖猛然一驚，想起這件他早已遺忘的往事。

那是他小學時的事。

父母允諾，倘若他月考每科都超過九十分，就送他一台專屬的個人電腦。如此一來，他就不用一天到晚和爸爸搶電腦玩了。

當時，狄念祖對這個約定胸有成竹，一點也不將月考放在眼裡，雖然他前幾次期末考試，成績平均也不過在九十分上下，有時高些、有時低些，但他總認爲這種考試是用來測試書呆子的，他覺得自己和那些書呆子大不相同，他認爲只要考前兩天多翻翻課本複習幾遍，突破九十分，甚至九十五分，都是輕而易舉的事。

但最終結果不如預期，他的國語只考了七十五分。

他在國語考卷裡一則題目爲「如果我是校長」的試題底下，將學校裡幾個他看不順眼的老師罵了個狗血淋頭。

「如果我當上校長，我要把李國博李老師開除，也不給他退休金。如果他沒錢，怕餓肚子，可以把這幾年沒收的漫畫和電玩拿去網拍……」當時他在作文當中這麼寫。

那時候的狄念祖有點小聰明，知道自己的班導師和李國博老師私下有過節，他以為自己這麼寫，作文項目定會拿滿分。

但那時的他不了解成年人之間的客套與分寸，他的班導師再怎麼厭惡李國博老師，也不可能容許自己的學生寫出這樣的文章。

狄念祖國語考試的作文題目拿了零分。

那時的狄念祖覺得自己簡直墜入地獄，在此之前，他每次月考的每一科都在八十分以上，這是他第一次考了個「七」字頭的成績。

自然，他大可誠實地向爸媽說明這次情形，解釋要不是作文莫名其妙地拿了鴨蛋，他的國語根本是滿分。

但他知道狄國平雖然不太計較他的考試分數，但相對地，也不會輕易被這樣的理由給說服，七十五分就是七十五分，他要履行之前的約定，整個暑假都要乖乖洗碗，更悲慘的是，終於能夠擁有個人電腦的美夢破碎了。

他暗暗詛咒沒收他好幾本漫畫的李國博，也詛咒班導師忘恩負義，自己明明幫他出氣，說出他心中不敢說的話，卻被他餵了顆大鴨蛋。

他怎麼也不甘心，於是他決定說謊。

他向爸媽聲稱國語拿了九十五分，但試卷在路上弄丟了。

他知道爸媽不太會追究這樣的瑣事，試卷上的父母簽名他可以自己加工，但他卻沒料到班導師爲了他的作文內容，親自打電話和媽媽溝通了一番。那時候的狄念祖並不明白班導師其實出於好意，那個李國博李老師爲人心胸狹窄，且和校長關係良好，這作文內容要是傳了出去，狄念祖恐怕非轉學不可了。

「九十五分，還不賴嘛。」那時候，狄國平望著報告分數的狄念祖，靜靜地這麼說，且和妻子有志一同地沒讓狄念祖知道，其實他們在數天前就已經得知事實。

他們依約帶著狄念祖上賣場組了一台個人電腦。

當晚，十歲大的狄念祖滿心歡喜地開機，卻只能盯著這個突然跳出的程式發愣——

「念祖的月考成績單」

狄國平在安裝電腦時，花了五分鐘將這個小程式裝入電腦，且設定一開機便優先執行，無法關閉，非得順利通過之後，才能繼續使用電腦。

「這是什麼？」狄念祖問。

「是安全密碼鎖。」狄國平似笑非笑地望著狄念祖。「每一台電腦都需要安全密碼鎖，你知道的。」

「這怎麼玩啊？」當時，狄念祖操縱著代表自己的火柴人，和程式裡其他火柴人對話，那些火柴人一開口就問他成績，可讓他嚇了好大一跳。

經過一段囉嗦的對話之後，跳出一個視窗選項——

六個考試科目，六個填選框。

狄念祖嚥了口口水，在國語成績欄位上，填下「九十五」分，接著，依序填下九十、九十、九十五、九十二、九十五分——

密碼有誤，請重新輸入。

「好爛喔……這程式有問題啦……」狄念祖忐忑不安，但仍然咬著牙，在國語分數欄位上填上「九十六」分，且裝腔作勢地自言自語：「難道我記錯分數了嗎，不可能啊？」

密碼有誤，請重新輸入。

「……」狄念祖氣呼呼地摔下滑鼠，大聲說：「搞什麼啊，明明就是九十五……哼，其實我明明就考了滿分，是老師亂改，我不服氣！你們密碼弄錯了！」

「念祖，老師給的分數正不正確，和老師給了幾分，是兩碼子事；這個欄位要你填的數字，是老師給的分數。」狄國平淡淡地說。

「唔……」狄念祖無話可說，急得胡亂抓頭，但他偏是嘴硬，不想認錯。

「如果連續輸錯三次，電腦會被鎖起來喔。」狄國平補充。

……

「然後呢？」狄念祖呆了呆，突然想不起後來發生了什麼事，最後他究竟是乖乖認錯，鍵入七十五分，抑或是頑劣抗拒，打個一百分再大吵大鬧逼父母就範？他有許多類似的經驗。

他試著閉上眼睛，細細回想當時情景，盼望周遭環境就和電腦螢幕一樣清晰呈現出當時的景象。

滋滋、滋滋——

他後背上的刺痛加劇，那是抗洗腦寄生蟲的作用。同時，他的腦袋嗡嗡作響，洗腦儀器的功率逐漸增加。

狄念祖睜開眼睛，那一個個模糊不清的人影又出現了，人影像是鬼魂般擁入他家，拉扯起他的四肢，揪著他的頭髮，喊著他的名字。

「懶得理你們。」狄念祖托著下頷，盯著螢幕，不理會那四面八方擁上的人，接著他閉上眼睛、塞住耳朵，但他身處夢境，即使他閉上眼，仍然看得見他們的怒容，塞住了耳朵，仍然聽得見他們的咒罵，好幾次他氣得想要跳下椅子賞他們一記卡達砲，但後背上傳出的電擊刺痛，總能將他的心神拉回。

「起來走走。」狄念祖在椅子上蹲得膩了，便順手推開幾個人，這樣的動作讓他感到一陣舒暢，他知道這是洗腦儀器的功效，倘若他持續對這些人動手，或許就會漸漸沉溺在殺人的快感當中。

他交叉著手，在擁擠的人影群裡向外擠出，他本來清晰眞實的家，被這些人影擠得天搖地動，他想離開家，去外面晃晃，人影前仆後繼地往他身上推擠。

「嗯，就和捷運台北車站一樣擠嘛。」狄念祖強忍著怒氣，試著將人群加諸在他身上的一切攻擊、推擠和謾罵，視而不見、置之不理。

「上網好了。」狄念祖知道自己身處夢中，隨手掏掏口袋，掏出一支手機，被擠掉了，便隨手撈出一台筆電，隨著人群移動。

他好不容易擠到夢境裡的街上，仰起頭，天空被那些人影揮來的手遮住了大半，他僅能從手和手的縫隙間看見一點灰雲。

他知道自己還得忍耐好幾個小時。

他一邊保持清醒，一邊像條泥鰍般慢慢往前溜擠。

CH03 洗腦之後

狄念祖睜開眼睛。

他身處一間兩坪大小的囚室內。

牢門上的透氣窗，透入淡淡的光線。

狄念祖像尊石像般，動也不動地呆坐在地上。

一陣腳步聲走來，三個人湊上透氣窗向裡頭觀望，是小洲和兩個研究員。

小洲打開門，與狄念祖對視許久，緩緩開口：「你知道你是誰嗎？」

狄念祖茫然望著小洲，突然眼睛一亮，捏了捏自己的臉，十分疼痛，這兒不是夢境，是眞實世界。

洗腦療程結束了。

他張大口，正要答話，卻感到後頸一陣刺麻，使他全身痠軟無力，他立即瞪向小洲。

小洲一手插在口袋中，握著電擊控制器，悄悄啓動了狄念祖後頸上的電擊裝置。

狄念祖本欲發怒，但瞥見小洲的目光，陡然會意。他在地上掙扎半晌，退到牆角，身子不住顫抖。

「你是奈落裡的魔王之一，等待著殺戮日的到來，執行你的任務。」小洲一字一句地說：「明白了嗎？」

「明白……」狄念祖顫抖著，先是搖了搖頭，接著點點頭。

「現在開始，凡是配戴這個標誌的人，都是你的長官，明白嗎？」小洲捏著胸口上一只六角形胸章，那胸章做工精細，上頭有個「殺」字，綻放著淡淡紅光。

狄念祖點點頭。

「現在我帶你去你見你的夥伴，他們是和你一同執行任務的奈落子民。」小洲這麼說，朝狄念祖比了個「跟來」的手勢。

狄念祖撐著牆站起，只覺得渾身仍痠麻無力，且後背不時發出刺痛。刺痛來自於幫助他抵禦洗腦的寄生蟲，痠麻則肇因於後頸的電擊器。

他走出牢門前，還偷偷瞥了牆角上的監視器一眼。

他跟在小洲身後，冷汗直流，方才他在睜開眼睛那一刻，幾乎真的忘記自己的身分和一切，直到他看到小洲的目光，這才陡然想起許多事，小洲的電擊則是在提醒他，必須假裝忘了自己，裝出已被洗腦的樣子。

牢門外的長道左右還有數個房間，這裡是位在地下羅剎大牢第七層，囚禁酒老等人的實驗區。

「你的夥伴不在裡面，在外頭的地牢裡。」小洲這麼說，也不回頭，自顧自地向前走，直到走到一扇金屬門前，才轉身對兩個跟在狄念祖和自己身後的研究員擺了擺手，示意他們退下。「我帶他去就行了，你們回到自己的崗位上。」

「這……」那兩個研究員呆了呆，說：「這個實驗體接受了洗腦，具有一定的危險性，人多一點好……」

「這裡所有工作人員，現在都是這些奈落鬼兵們的長官，他們必須服從我們的任何命令——這就是趙水博士和吳高博士這次計畫的最高目標。」小洲冷冷地說：「除非你們懷疑趙水博士和吳高博士的能力，不然不會質疑這傢伙的服從性，對吧？」小洲邊說，邊揚起手，在狄念祖臉上拍了拍。

「不……我不是這個意思。」那研究員立刻搖頭，解釋：「但洗腦程序只進行第一階段，並沒有完成，我們只是擔心小洲兄你……」

小洲揚起手上的控制器，插嘴說：「這些傢伙的身體是我和趙水博士一手打造的，我很清楚要怎麼對付他，你們回去工作吧。」

「是……」兩個研究員不敢多說什麼，只能目送小洲將狄念祖帶出實驗區。

金屬門外，是曲折的地底大牢，這兒沒有監視設備，狄念祖的神情也輕鬆了些，他跟著小洲走了幾步，問：「其他人狀況怎樣？」

「先說說你。」小洲迅速從口袋中取出一些簡單的檢測儀器，替狄念祖做了幾項簡單檢查。

「我感覺很好。」狄念祖說：「幾乎不覺得自己有什麼改變。」

「或許你是抵抗洗腦成員裡最成功的一個。」小洲這麼說。

「其他人怎麼了？」狄念祖有些擔心。

「等會你自己看吧。」小洲這麼說，接著不再理會狄念祖的提問，帶著他在複雜的地牢中繞了繞，來到一處轉角，轉角裡有條深長死路，兩側各有四間牢房，酒老頭、黑風被囚在同一間房，小次郎、豪強被囚於同一間房，百佳和鬼蜥各自獨居一房，飛雲、蛙娘、小稯在一間牢房；最後一間，則由傑克單獨居住。

「趙博士正在和吳高他們開會，下午還有好幾批新實驗體會被運來，最近兩週，整個奈落有好幾處會開始動工蓋新房舍，上頭有意擴大奈落的規模。」小洲這麼說。

「大家還好嗎？」狄念祖點點頭，跟著小洲，巡視一間間牢房。

「小狄，你還好吧，那個蜥蜴男和無眼女不太好……我好擔心他們。」傑克從牢房欄杆探出頭來，以他的身型，要鑽出欄杆並非難事，但他自認也是狄念祖計畫中的一員，便乖乖配合演出。他面露焦慮地說：「趙水博士還沒有替我放寄生蟲啊，我要怎麼抵抗洗腦儀器呢？我好害怕，小狄，你幫我和趙水博士講講好嗎？我不想被洗腦、我不想忘了主人、我不想忘了水頭陀，也不想變成殺人魔。」

「這點你不用擔心。」小洲隨口回答：「你還不夠格被洗腦。」

「小洲，你什麼意思？」傑克瞪大眼睛望著小洲。

「運來的洗腦艙數量有限，進行一次洗腦程序要動用不少人力，現有的七座洗腦艙再加上調來的三座洗腦艙，沒辦法用在所有傢伙身上。這地方不久後會擠得像夜市，他們只會針對『殺戮日』的重點成員進行洗腦，你和他們幾個都不會被洗腦。」小洲這麼說時，還伸手指了指斜對面的小棕、飛雲和蛙娘。

正如小洲所說，受限於人力和儀器的數量，洗腦名額有限，傑克等被認定「戰力薄弱」的成員，在袁唯的計畫中，多幾百隻、少幾百隻，完全不影響全局，自然不被納入洗腦名單內。

「哼哼！」傑克聽見自己不會被洗腦，雖然鬆了口氣，卻也嘴硬地說：「我沒資格？我是現今地表最優秀的貓特務，我絕對會讓小看我的人後悔的！」

狄念祖繼續向裡頭走，只見酒老頭靜靜仰躺在牢房地板，枕著胳臂凝望天花板，一旁的黑風靜靜伏在酒老頭身邊。

「酒老，你怎麼樣？」狄念祖問。

「我不知道。」酒老坐了起來，茫然望著自己雙手。「不過我已經和小次郎、豪強說好了，我們之中，如果有人失去人性、變成惡鬼，大家絕對會毫不留情地取他性命。」

「酒老，你放心，大家都不會有事。」狄念祖轉身，本來以為小次郎、豪強會附和地說些「是啊！」、「不會讓袁唯奸計得逞！」之類的話，但見小次郎和豪強臉色蒼白地窩在角落，不禁有些好奇。

「鬼蜥和百佳狀況不是很好。」小洲這麼說，領著狄念祖來到更後頭的兩間牢房。

狄念祖屏著氣息，本以爲鬼蜥見了他，想必又要破口大罵，但鬼蜥一見小洲走來，立刻伏在地上，恭敬地一動也不動，百佳則靜靜地倚在牆角，毫無反應。

「如你所見，鬼蜥的洗腦可以說十分成功……」小洲說明。「百佳的狀況不明，但她對同伴的呼喚完全沒有任何回應，只對聖泉工作人員的指示勉強有反應……」

「……」狄念祖望著鬼蜥和百佳，知道他們在黑雨機構中受盡折磨，心智早受到損害，自然抵禦不了洗腦儀器。

「二位。」小洲敲了敲鐵欄，捏了捏胸章一端的小按鈕，讓紅光更亮，高聲對鬼蜥和百佳說：「這位狄念祖是上頭指定的奈落之王，以後他就是你們的王，你們聽他吩咐，他要你們做什麼，你們就做什麼，明白嗎？」

鬼蜥立時對著狄念祖五體投地，用額頭在地上磕了幾下，接著仰起頭，露出長舌，諂媚地說：「狄……狄念祖……大王……是，我知道了……大王……你有什麼吩咐？有什麼吩咐？」

另一邊，百佳本來默默無語，被小洲以發動電擊控制器電了兩下後，這才來到鐵欄前跪下，將手伸出鐵欄外，費力張開她那被趙水動刀修復後的嘴巴，對著狄念祖低聲說：「大王……」

「你們……」狄念祖拍了拍百佳的手，在鬼蜥鐵欄前蹲下，說：「你還記得你老婆嗎？她和你一樣，也是蜥蜴人，你平常尖酸刻薄，但對老婆很好……」

鬼蜥歪著頭，瞪大獨眼盯著狄念祖半晌，愣愣地說：「老婆……老婆？」

狄念祖見鬼蜥歪頭思索好半晌也想不起青蜥，嘆了口氣，喃喃地說：「這樣也好，至少快樂點。」

「你和那隻貓住一起。」小洲打開傑克的牢門，說：「這是趙水博士對吳高等人提出的要求，他說這樣能夠培養奈落夥伴們的凝聚力，這裡的監視設備線路尚未鋪設，比較安全，但還是要注意吳高他們每天都會來探視你們的狀況。」

「嗯。」狄念祖點點頭，走進傑克的牢房，沿途不忘向眾人提醒：「各位，記得戲要做全，大家才有機會贏這一局，這是我們的最後一戰。」

沒有人搭理狄念祖。

狄念祖猜想或許大夥兒在洗腦艙裡，都受到了不同程度的刺激和震撼，他猶然記得自己抵禦那洗腦幻境時的煎熬。

煎熬的不只是漫長的騷擾，且還要抗拒在夢中攻擊人影時所產生飄飄欲仙的快感。他暗暗猜想，或許小次郎等人在洗腦的夢裡宰掉不少人，回到現實，罪惡感和空虛感一一生出，才顯得低落茫然。倘若這樣的洗腦療程次數一多，他們或許難以抵抗。

「小狄，你在機器裡看到了什麼？」傑克望著狄念祖，他見到酒老頭等人被洗腦後，情緒或多或少都有些改變，似乎也有些畏懼狄念祖，並沒有像往常那樣躍到他身上，貼在他耳朵邊說話。

「我？」狄念祖本來茫然無措，但見到傑克畏懼他的眼神，心中那股熟悉的倔強感又熊熊燃起。「我看到很多東西。」

「我不懂爲什麼大家都覺得世界末日快到了，我偏偏要搞得天翻地覆，殺戮日是吧？就不知道是誰殺誰。」狄念祖嘿嘿笑著，大聲說：「我不知道殺眞人爽不爽，但是我知道如果可以殺了袁唯和吉米，一定很爽。」

「小子，這點我同意你。」酒老頭的手自隔壁牢房鐵欄中伸出，往這頭晃了晃。

狄念祖上前和酒老頭握了握手。

「對！」對面，小次郎躍上鐵欄，像隻松鼠般攀在鐵欄上，嚷嚷附和。「宰了袁唯和吉米，他們眞是……太可惡了。」

「是啊……」豪強也站了起來，緊握拳頭，眼神閃爍著憤怒。

「大王！」鬼蜥的喊聲自後頭牢籠響起，沙啞笑著：「你要我殺誰？快說、快說！我一定替你殺了他！殺殺殺、殺殺殺！」

□

地牢裡沒有時鐘，大夥也看不見天色變化，酒老頭始終靜靜望著天花板，平時多話的小次郎和豪強也不太說話，蛙娘、小棕和飛雲偶爾細細碎碎地交談，蛙娘仍然敵視著當初站在威坎一方的棕熊小棕，小棕也記恨蛙娘在海洋公園那人造小島上朝他屁股吐毒球的舊事。他倆不時吵嘴，飛雲也會適時調解，安撫兩方情緒。

忘卻一切的鬼蜥，反倒成了眾人之中最無憂無慮的傢伙，他像是迫不及待殺戮日的到來，便能夠再次體驗洗腦幻境中令他興奮快樂的屠殺場面。

「公主、公主……」

哀傷且沙啞的哭聲，低沉地自地道遠端響起。

狄念祖訝異地站了起來，將臉貼近鐵欄，只聽見哭聲逐漸向這兒逼近，且伴隨著吵雜的腳步聲。

「聽到這哥哥說的話了嗎？以後你們住這裡。」一個清脆的童音這麼說。

「我不……要……」「哇——」沙啞的哭聲更響亮了。

首先轉入這條岔道的是小洲。

接著是糨糊和石頭。

「哭什麼，說不定你們乖一點，月光姊姊還是會接你們回家當她小奴僕呀。」說話這人是寶兒。

「不可能，博士不是說，他們要替月光姊姊製造新侍衛，這兩個小傢伙是失敗品，沒有伺候公主的本事。」玉兒這麼說。

「誰……說……」糨糊氣得跳腳，猛地轉身作勢攻擊玉兒。

「你看、你看！」玉兒嘿嘿一聲，擺出一副「來啊」的模樣，又說：「月光姊姊才慎重吩咐過他們，才不過幾分鐘，一下子就露出眞面目了，他們根本是失敗品！不服從公主的侍衛，本來要被消滅的，博士讓你們住這兒，已經很幸運啦！」

「唔！唔唔……」糨糊咬牙切齒，恨恨地轉身，似乎想向大家證明自己並非失敗品，而是個聽話、能夠服從公主指示的侍衛，但走了兩步，心中不甘，哭得更大聲了。

「你們怎麼啦？」狄念祖將臉擠在鐵欄前，喊著糨糊和石頭。「發生什麼事了？」

「飯——」糨糊聽到狄念祖的呼喚，立時和石頭快步奔到狄念祖牢門前，嚎啕大哭起來：「公……主……公她……她……不……她……公……」

「還是你說吧。」狄念祖望向石頭，他知道糨糊的發聲器官損壞了，話根本說不清楚。

「公主……不要……我們了……」石頭雖然結巴、遲鈍，但比起此時的糨糊，似乎腦袋更清楚些，他抹了抹臉上的眼淚，說：「公主……要我們以後，保護你……」

「什麼？」狄念祖聽得莫名其妙，見到玉兒、寶兒也走近，後頭還跟著小洲，本想大聲發問，但瞥見小洲身後還跟著其他人，便立時閉嘴，只是倚著鐵欄，擺出一副老大架子，對著糨糊和石頭說：「什麼，要當我手下，好啊，還不叫我大王。」

「飯！」糨糊哇喔一聲，氣得揚起黏臂，甩入鐵欄。

狄念祖早知道糨糊肯定會氣不過而攻擊他，早有準備。他此時的反應和力量都大勝於前，一把揪住糨糊甩來的黏臂，一腳踏在鐵欄上，猛地一扯，將之硬生生扯下一條，捏在手裡把玩。「好大膽子，敢打我，哼哼！」

「痛呀……」糨糊氣得尖叫，甩出更多黏臂，一副要跟狄念祖拚了的模樣。

「糨糊！」石頭也甩出幾支石柱，緊緊纏上糨糊，將他往後拖拉，結巴地說：「你……要……聽公主……的話！」

「唔……唔唔……」糨糊淚流滿面、張大嘴巴，一副想咬死狄念祖的模樣，但他見到玉兒和寶兒站在一旁，像是看戲般望著這兒，便氣憤地放下黏臂，退到石頭身後，不住抽噎。

「原來如此、原來如此！」

所有人都抬起頭，他們聽見了熟悉的說話聲。

吉米大步走來，身旁還跟著趙水、吳高和老孫等研究員。

「這些傢伙就是袁唯老闆要的東西？」吉米來到囚著狄念祖的牢門前，興致勃勃地望著狄念祖。「樣子變好看了，袁唯老闆不是想要頭大怪獸嗎，現在看起來不怎麼威風……嘿，嘿嘿，你還記得你叫什麼嗎？狄念祖，你的爸爸是狄國平，你記得嗎？」

「喲……這不是酒老嗎？」吉米像是欣賞動物園的猩猩般，逗弄著幾間大牢的傢伙。「咦，小臭鼠、笨豬，你們之前的樣子比較逗呢。」

「嘖，是臭蜥蜴和賤三八。」吉米來到鬼蜥和百佳的牢籠前，便不再前進，在三號禁區時，他領教過百佳的潑辣，記恨在心，也因此當百佳被送往黑雨機構時，也授意當時的Free research-2研究室，用盡各種殘酷的手段改造百佳。

「喂，你們說只要配戴這東西，就可以對他們下令，是吧。」吉米捏了捏別在胸前口袋上那刻著「殺」字的小胸章。

「是的，吉米先生。」老孫快步上前，向吉米鞠了個躬，說：「袁唯老闆需要一批凶惡且具有高度自主性的兵器，他們不同於羅刹、夜叉那樣沒有獨立思考能力，也不像失敗品得用控制儀器操作；但為了『殺戮日』那天的指揮，和保護研究人員的安全，我們在他們腦袋裡動了點手腳，他們會將配戴這個胸章的人當成長官，不會對他們露出獠牙。」

「長官？你的意思是，戴著這胸章，就可以對他們下令，而他們無法抗拒，是嗎？」吉米想了想，轉頭向鬼蜥說：「跪下，磕頭。」

「是！」鬼蜥笑著尖叫一聲，想也不想便跪了下來，重重磕了幾個響頭，接著仰起頭，湊到鐵欄前，朝著吉米嬉皮笑臉，露出討賞的神情。

「沒叫你停，繼續啊。」吉米這麼說，鬼蜥立時又磕起頭。吉米滿意地大笑，轉身，對百佳也下了指令。「趙水把妳這賤貨的嘴給修補好啦？扯爛它，把嘴給扯了。」

百佳微微咧開嘴，但並未照著吉米的吩咐將自己的嘴巴扯爛，只是朝吉米笑了笑。

老孫尷尬地說：「吉米先生，昨天經過第一次洗腦，他們的舊有記憶還殘留著，服從意識和新思想都還未完全植入……」

「什麼嘛，真沒用。」吉米哼了哼，轉身走到囚著小次郎跟豪強、酒老頭和黑風這兩間牢房前，大聲嚷嚷：「磕頭，快給我磕頭。」

吉米喊了幾聲，酒老頭緩緩起身，呆滯地望著吉米，噗通一聲，跪了下來。

小次郎和豪強的喉間發出了憤怒的低吼。

「給我停下——」趙水突然這麼大喊，接著走到鬼蜥牢前，對他說：「別磕頭，乖乖坐下。」

「好、嘿嘿……殺……殺戮日還沒到嗎？我以為……可以出去了……」鬼蜥磕得腦門腫脹，暈眩眩地縮回角落，哇地一聲嘔吐起來。

「吉米先生。」趙水攔在吉米面前，阻止他繼續逗弄狄念祖等人。他知道小次郎、豪強等此時情緒不穩，若是吉米繼續恣意戲耍，或許會失控。他對吉米說：「他們都是袁唯老闆吩咐的重要角色，要是出了什麼意外，我們都不好過。」

「是啊，小趙說的沒錯。」老孫點點頭，他與吳高等雖然和趙水不對盤，但見吉米這麼輕賤他們耗費心力改造的實驗品，可也看不下去，且也擔心出了亂子，難以向袁唯交代，便附和趙水的話，說：「吉米大哥你要玩具，樓上多的是，以後還會持續運過來。」

「哼哼。」吉米乾笑兩聲，酸溜溜地說：「我差點忘了，你們現在被調離了黑雨機構，來到『奈落』，『殺戮日』可是重要計畫呀。計畫順利完成，你們就和我平起平坐了，到時候，別忘了關照小弟我啊……」

「快別這麼說。」老孫鞠躬哈腰地對吉米陪笑，送他離去。

吳高和趙水等研究員，則一一檢視狄念祖、酒老頭等人的洗腦成果，眾人早有準備，在趙水的提示和幫腔下，倒沒有露出什麼破綻。

地道裡，四面八方傳出各種忙碌的聲響，更多的羅剎、實驗兵器，一一被運了進來。

CH04 試煉

金屬桌邊，圍著六個人、一隻大狗。

趙水、小洲、狄念祖、酒老頭、豪強、小次郎和黑風。

小次郎裸著上身，坐在椅上，他的後背脊椎處貼著一枚貼片，正發送微弱的刺激電波。

小次郎伸出右臂，任小洲往他血管中注入藥液——抗洗腦寄生蟲。這些寄生蟲會循著背上貼片所發出的訊號，一路抵達脊椎，潛伏於此，在預定的時間開始運作，向脊椎發出微弱電擊，以抵抗洗腦儀器。隔天下午，吳高等小腦研究員，會對他們進行第二次的洗腦工程。

「情況有變，吉米下週會入主奈落，計畫可能要提前。」趙水望著狄念祖。

「吉米？關吉米什麼事？這王八蛋爲什麼到處串門子？」狄念祖扠著手問。

「殺戮日只靠你們，場面不夠浩大，需要更多的小卒，黑雨機構可以提供這些東西。」趙水聳聳肩，說道。

「來了正好，一次宰掉。」酒老頭摩擦著拳頭。

「沒錯。」豪強和小次郎立刻附和。

「當然不行。」趙水皺了皺眉。「之前和你們說過了，我們合作的前提，在於『互相』。酒老，要不要我再解釋一次『互相』給你聽？」

「不必。」酒老頭哼了哼。「你保我們幾條命，我們幫你升官發財。」

「所以，要是你們搞掉吉米，我怎麼善後？」趙水瞪大眼睛反問。

本來，眾人計畫在殺戮日前的最後檢驗療程時，發動一次小規模突襲；眾人會做一場戲，由趙水暗中協助，讓眾人得以挾持吳高等重要研究員，逼迫他們交出奈落大門的通行證，並躲藏在工程運輸車輛中潛逃出去，同時將吳高等研究員滅口，好讓趙水扮演善後的角色，平定這場小暴動。

屆時袁唯追究下來，趙水便將事故因由推給已被滅口的吳高等人身上，聲稱這起事故全因洗腦實驗失敗所致。同時，趙水只要順勢推舉幾隻準備好的強力兵器，取代狄念祖在殺戮日中扮演的角色；袁唯即使不悅，也莫可奈何，趙水便能取得整個奈落的主導地位。

但隨著吉米即將到來，情勢轉變，趙水決定將計畫提前，在吉米正式入主奈落前便發動攻擊，將與他結惡多年的吳高等人，殺個措手不及。

「博士啊，順便幫你宰掉吉米不是更好。」小次郎插嘴說：「這樣一來，你就是奈落的王啦。」

「想得太美了。」趙水瞪了小次郎一眼，說：「別以為這些日子以來自己變厲害了，我告訴你們，黑雨機構裡多的是提婆級別、阿修羅級別的實驗體，還記得那個火神基因的宿主嗎？黑雨機構想必已經從她身上取得大量基因樣本，到現在為止，他們有足夠的時間可以將火神基因應用在現有的兵器上，等到吉米大軍壓境，你們想要挾持吳高他們，只怕難上加難。」

「嗯，趙水博士說的沒錯。」狄念祖附和：「別忘了我們之前連敗數次，都是因為高估自己、低估敵人。我比你們更想宰了吉米，但這次是我們最後的機會，不論如何，要先逃出去，再從長計議。」

「嗯，這次聽你的。」酒老頭點點頭，同意狄念祖的說法。

「什麼時候行動？」豪強問。

「四天後。」趙水答：「也是你們第三次洗腦實驗那天。我將計畫提前的另一個原因，是我認為你們抵擋不了黑雨機構的洗腦艙。整套洗腦程序，至少要進行二十次以上，你們會在第四、第五次，頂多第六次洗腦之後，就變得和現在的鬼蜥一樣了。」

「那……那種鬼東西，誰有辦法抵擋！」小次郎大聲抗議：「與其說我們抵擋不了，應該說你的寄生蟲沒用吧，博士！」

「就當是我的寄生蟲沒用。」趙水不置可否。「總之，你們記住，四天後照計畫行動，但明天也是關鍵一役，一定要撐住，若是撐不住，大夥兒行動時又將少了一個同伴了。」

「少一個同伴？」豪強問：「你是說，鬼蜥、百佳不和我們一起行動？那怎麼行？就算鬼蜥現在變成這樣子，他還是咱們華江賓館的人。反正……反正鬼蜥一直神經兮兮，大家早習慣了，我不會拋下他。」

「我不建議你們帶著兩個拖油瓶，一旦遭到洗腦，就們無法回到過去了。」趙水這麼說：「如果你們執意帶著他們，後果自負，別忘了我有最後的裁量權，我會判斷行動成功與否，失敗的話，我們之間的合作隨時停止。」

「合作停止，我們就成了敵人？」酒老頭冷冷地望著趙水。

「是。」趙水點點頭，拍了拍口袋，口袋裡擺著電擊控制器。

「哼哼！」小次郎哼了幾聲，說：「我們真要挾持吳高，隨時都可以行動，挾持你也一樣，你口袋那東西也得用手來操縱，信不信在你把手伸進口袋前，我就能讓你變成殘廢？」

「不要一直說話，妨礙寄生蟲移動。」小洲拍了拍小次郎的肩，一點也不將小次郎的威嚇放在眼裡。

「各位。」狄念祖拉高了分貝。「現在起什麼內鬨？沒有趙水博士幫忙內應，調度整個奈落守備的兵力，我們根本不可能逃出去，現在不是鬥氣、耍嘴皮子的時候。」

「小次郎，閉上嘴。」酒老頭先是望了小次郎一眼，接著向趙水點了點頭，說：「無論如何，我都不會拋下鬼蜥和百佳，如你所說，成敗自負。」

狄念祖見趙水神色陰晴不定，趕緊開口：「人多好辦事，鬼蜥和百佳現在聽我的命令行事，我有辦法讓他們聽話，到時候必定順利。」

「嗯。」趙水不置可否，只是說：「先過了明天那關再說吧。」

□

翌日中午，狄念祖等披著斗篷，在小洲的帶領下，繞出地底地牢。沿路上，狄念祖不時伸手摸摸地牢壁面，若有所思。

眾人魚貫向前，步入即將完工的洗腦研究室。洗腦研究室樓高三層，狄念祖一踏入研究室，立刻一呆，他身後的酒老頭、豪強、小次郎等人也呆住了。

新增加的三座洗腦艙裡，已經有人在裡頭，是月光、向城和強邦。

向城外貌上與先前差異不大，唯一的差別是從平頭變成了光頭；若不仔細看強邦臉上幾條熟悉的疤痕和痣，或許已認不出他，若是退遠些看，甚至會以為那是具做壞了的模型玩具。

強邦的四肢膝、肘以下，都被接上怪異的獸足和獸爪，而他原本的四肢，則被惡作劇般地接在雙肩兩側。

除此之外，他身體上還嵌著各式各樣稀奇古怪的東西，胸膛左右嵌著一隻狼頭、一隻犬頭，腹間嵌了一張女人的臉。

月光不同於赤身裸體的向城和強邦，而是穿著淺藍色病服裝，這是出於身分——她被視為大堂哥袁正男未來的妻子。

狄念祖望了許久不見的月光幾眼，只見她雙目緊閉，口唇微張；狄念祖從與趙水的閒談中得知，月光的洗腦程序會進行六至八次，當最後一次洗腦程序完成之後，月光的思想就和一台新出廠的電腦般精準無誤，到時候，她會是一個完美的雌性奴隸，協助大堂哥順利收編整個第五研究部門，讓大堂哥成為袁唯在聖泉集團中的另一個有力臂膀。

月光所屬的洗腦艙前，站著兩個模樣可愛的小童。男童梳著西裝頭、女童綁著公主頭，穿著西式宮廷童裝，手上捧著厚厚的浴巾，一左一右地護衛著洗腦艙裡的月光。

狄念祖知道這兩個小童，就是月光的新侍衛。昨夜，糨糊和石頭探出鐵欄、繞至狄念祖的牢籠裡扒著他哭訴了一夜，石頭講話結巴、糨糊口齒不清，兩個小傢伙說到傷心處，泣不成聲。

原來當時月光被聖美擊敗受縛，被囚禁在黑雨機構實驗室中的牢區，她知道自己必定會被送入洗腦艙，忘卻一切，而她提出的所有請求，諸如「放了狄念祖和果果等朋友們」的要求，也完全得不到回應。她知道正如聖美所言，她被擊敗，身為階下囚，且即將接受洗腦。此時此刻，她的個人意願完全無足輕重，她的要求自然也無人理會。

她僅能提出小小的要求——將糨糊和石頭送至狄念祖身邊，作爲狄念祖的隨從，至少這能讓糨糊和石頭免於被銷毀。

當時黑雨機構上下正忙著調度人力和兵器，準備運往奈落，擴大殺戮日的規模。研究員聽月光這麼要求，便也從善如流，將本來預計銷毀的失敗品石頭和糨糊往上呈報，被編入奈落成員名單之一，且分發至狄念祖的部隊裡。

公主……說……她沒辦法救大家……她希望你能平安……希望所有人平安……她要……我們，盡力……保護你……

公主還說，以後如果……有一天……再見面……她可能會……打我們……她要我們……不要留情，全力……與她戰鬥……

昨晚石頭哽咽地說完，糨糊早已在狄念祖的大腿上哭得灘成一片爛泥狀，他的發聲器官受損後，心中千萬言語說不出半句，鬱悶之情可想而知。

狄念祖隨著眾人靜靜排隊，任研究人員持消毒棉花在他太陽穴處擦拭，替他裝設那狀似耳機的洗腦儀器。

嗶——

嗶——

嗶——

三聲長長的警示音響起，洗腦艙裡的黏液逐漸排除，艙門喀嚓一聲，開了一條縫。

月光艙前兩個侍衛小童站了起來，身手俐落地攀上洗腦艙，將月光扶了出來，替她裹上厚重浴巾，將她扶往一張椅子坐下，替她捏手搥足。

兩名女研究員上前，小心翼翼地替月光取下洗腦儀器，且在她太陽穴的傷口塗上藥膏。

向城和強邦可就沒那麼好運了，黏液流盡後，便癱軟在艙內。兩名工作人員粗魯地取下他們腦袋上的儀器，幾名工作人員擁上，手持類似捕捉流浪犬的長柄器械，鉗住向城與強邦的頸子，架著他們離開實驗室。

這頭，狄念祖褪下斗篷，頭戴耳機儀器，口鼻罩著氧氣罩，赤身裸體走入洗腦艙，望著那半透明黏液緩緩淹沒自己的腳踝，一路向上。

月光睜開了眼睛，一臉茫然，兩名小侍衛開心地在她身邊繞圈磨蹭，以毛巾替她擦拭臉上和髮上的黏液。

月光低頭望著兩名侍衛，他們的笑容令她有種似曾相識的安心感。

「你們是……米米？」月光緩緩伸手，摸了摸小女童的臉頰，接著望向小男童，說：「皮皮？」

「嗯！公主！」米米和皮皮開朗地點了點頭，大聲說：「我們是米米和皮皮。」

「我們是公主的侍衛，會照顧公主、保護公主！」

「謝謝你們。」月光緩緩起身，左顧右盼，儘管她摟著米米和皮皮，但不知怎地，她似乎意識到自己失去了一些寶貴的東西。

六到八次才算大功告成的洗腦程序，月光目前只進行了二次。

在黏液漫過狄念祖腰際的同時，月光望向他。

「公主，這兒冷，妳身子濕的，我們帶妳回家。」米米和皮皮牽著月光說。

月光來到幾座洗腦艙前，一一望去，來到狄念祖面前。

他們四目對視。

「這些人是誰？」月光問。

「公主，他們是實驗品。」米米回答。

「我好像看過他們。」月光這麼說。

「公主，可能是妳記錯了。」皮皮回答。

「公主，我們快回去洗澡，我替妳化妝，晚一點，王子要來陪妳吃飯。昨天妳說喜歡花，王子說過會帶很多花來給妳。」米米這麼說。

「是啊。」月光一聽米米提起王子，眼神中洋溢著笑意。她點點頭，牽著米米和皮皮，轉身往外走。「我們趕快回家。」

月光走出實驗室門前時，還回頭忘了狄念祖一眼。

狄念祖也望著她。

黏液蓋過了狄念祖雙眼，淹沒了他的頭頂。

在黏液中睜開眼睛時，眼睛並不會感到刺痛，反而覺得清涼舒適。透過黏液往外頭看，有種超現實的夢幻感。

滴答滴答滴答——

滴答滴答滴答——

□

唰！一股冷冽感撲面而來，隨即傳遍全身。

狄念祖昏沉沉地睜開眼睛，只聞到一股異臭。他猛然一驚，彈坐起身，眼前是一頭三公尺高的怪東西。

那東西是人身，但沒有頭，胸腹間生著一張臉，嘴巴極大，嘴裡滿是利齒。

狄念祖驚駭之餘，連連後退，只覺得背後撞著了東西，一回頭，是一模一樣的怪傢伙。

「這是山海經裡的『刑天』，力量，遠不如提婆級的兵器，只是我預期中的看門守衛。趙水、吳高，我的奈落王狄念祖，該不會，連這東西都畏懼吧。」

熟悉的說話聲在遠方響起。

狄念祖呆了呆，那是袁唯。

他左顧右盼，只見不遠處有間簡單素雅的小別墅，小別墅旁有幾間貨櫃組合屋，小別墅前的空地被布置成庭院模樣，有百來盆鮮花、人工草皮、鞦韆，以及小型噴水池和遮陽亭子。

草皮某處鋪了張大毯子，中央有張圓桌，坐著幾個人，分別是袁唯、大堂哥、月光、聖美和趙水、吳高等高階研究員。

狄念祖知道這地方，這裡離洗腦研究室有段距離，位在一處小坡上，數天前還是處圍著圍籬的工地，此時已近完工，是月光的臨時住所。

狄念祖還搞不清楚狀況，赤身裸體的他便被身後的刑天架離了地。

「他剛從洗腦艙出來，現在大概還搞不清楚狀況。」吳高向袁唯解釋，一旁的老孫朝狄念祖大叫：「奈落王，快把四個刑天收拾掉！」

「奈落王？」狄念祖正覺得莫名其妙，另一個刑天已經站在他身前，一拳擊在狄念祖的腹部，打得他張口欲嘔。

他還沒反應過來，胸口、肩頭又捱了兩拳，耳邊響起老孫等人的叫聲，和他人高聲調笑的聲音，猛地醒悟，必定是袁唯來驗兵了。

狄念祖的右臂化出巨大拳槍，接住刑天第四拳。

在狄念祖捏碎那刑天拳頭的同時，也抬起雙腳，上膛、蹬出，正好蹬在刑天胸膛兩隻眼睛上。

「吼——」那刑天被狄念祖雙腳蹬飛好遠，架著狄念祖的刑天也被這一蹬的力道向後撞得鬆開了手。

狄念祖落地，一時間還有些茫然，但見圓桌離這兒只有十來公尺，人人都穿著高貴禮服，自己卻是一絲不掛，不免羞憤氣惱。但轉念一想，除了趙水之外，其他人可不知道自己未被洗腦，可不能露出馬腳；他牙一咬，神情變得凶狠，壓低身子，抖抖左手，左手隨即冒出堅硬甲殼，同時，雙肩、胸前也長出甲殼。

「哼哼！」狄念祖看準了一個朝他衝來的刑天，向前一跨，勾出左拳，打在那刑天脅下，接著右拳直直轟出，轟在對方胸前雙眼正中，將他打飛老遠。

啪啪啪啪——

「這還差不多。」袁唯鼓起掌，側過頭對趙水說：「不過，我認爲，他的力量，必須比現在更加強大，才夠格死在我的『梵天』手下。距離殺戮日，只剩兩週，你能將他的力量提高多少？」

「袁老闆，坦白說有點困難。」趙水說：「狄念祖的力量早已超出體力負荷，他的生命已經濃縮到了極點，體內的極速獸化基因只是被藥物暫時抑制住，隨時會失控。不過我還是會竭盡所能，在兩週內讓他力量倍增。」

「嘖嘖……」袁唯搖了搖頭，說：「還是嫌少了點，不過勉強堪用吧。」

老孫嘿嘿笑著問：「老闆，我們聖泉還是有破壞神級的兵器，爲何您執意要狄念祖當這奈落王？」

「你是科學家，不懂藝術。有些角色，不能單純以力量來考慮。」袁唯搖著酒杯，用欣賞珍奇寶物的眼神盯著與刑天戰鬥的狄念祖，說：「從康諾到狄國平，再到狄念祖，每個角色，都是有意義的，是要寫進史冊裡的，要是換了人，那可大煞風景……」

「是……是……」老孫顯然無法理解袁唯的堅持，只能諂媚地連連點頭稱是。

這頭，狄念祖已將第四隻刑天擊斃在地，氣呼呼地瞪著袁唯。

袁唯向聖美使了個眼色，聖美點點頭，身形一閃，鬼魅似地竄向狄念祖。

狄念祖駭然大驚，他雖然已見過聖美戰鬥兩次，一次是對阿嘉，一次是對月光，但是當自己正面迎戰聖美時，才感受到這樣的極速所帶來的壓迫感。

他甚至還沒看清聖美究竟是朝自己揮拳還是踢腿，只感到眼前突然一陣白，臉面便捱著了一記重擊，他感到整個人翻了整整一圈，轟隆落地。

狄念祖掙扎著站起，這才發覺臉上被罩了塊厚布，他扯下布一看，是件斗篷。

「穿上吧，這兒孩子多。」聖美朝狄念祖笑了笑，接著雙手一招。「玉兒、寶兒，棍與盾。」

「公主！」跟在聖美身後的玉兒和寶兒，立時向聖美一蹦，一個變成一根粗實大棒，一個變成一面大盾。

「……」狄念祖抹去鼻子上的鮮血，將斗篷拿著掂了掂，接著一把扯裂，取了塊大面積的布裹住自己下半身，跳了跳，準備迎戰。

砰！

狄念祖腦門中了一棒，身子被打得向側邊偏去，但立時站穩，抹抹額頭，手上鮮血淋漓。他見聖美繞著他順時鐘兜圈子，不時出棒打他頭、掃他腳，他緊追聖美的腳步，自然慢上許多；靈機一動，猛地逆時針轉身，右手拳槍狠狠一掃，料想她速度再快，也閃避不及。

但聖美似乎早在繞圈子時便料到狄念祖會反方向出招，立時矮下身閃過這擊，同時繞到他身後，雙手一抖，玉兒和寶兒立時化成一對大爪，牢牢扣住他雙肩。

狄念祖猛力迴身，但玉兒和寶兒那對大爪又突然變形，扣著他雙肩的部分仍然壯如機械怪手，但末端卻軟化如同長繩。狄念祖就像被兩只抓娃娃機的爪子扣著一般，被聖美高高甩起，再重重摔下。

狄念祖雖然在聖泉眾高階研究員合力改造下，大大強化了肉體強度、速度和反應，但畢竟沒受過正規格鬥訓練，和聖美一交手立刻落於下風。

「噫！」狄念祖氣惱之餘，索性將右拳往左肩一按，以拳槍槍口抵著寶兒爪子，扳機一扣，砰砰砰連擊三次，只聽見寶兒怪叫一聲，像是料想不到狄念祖的拳頭竟然能夠開槍。

狄念祖這一槍並未使寶兒鬆爪，他索性扣著手指，比出彈指的動作，讓手指關節上膛，朝寶兒爪子一連彈了數下。

「呀！」寶兒終於鬆開大爪，狄念祖也得以將身子正面對著聖美，先是壓低雙膝上膛，接著向前一撲。

聖美的速度雖快，但在如此近距離之下，自然閃不過狄念祖這卡達蹦，被他攔腰抱住，只覺得腹間、肋骨都發出劇痛。她立時朝狄念祖腦袋接連肘擊數下，卻無法使他鬆開拳槍大臂。

狄念祖知道袁唯派出聖美測試自己的力量，自然不會下殺手，因此故意讓腦袋任聖美亂擊，儘管腦袋被打得金星亂竄，不放手就是不放手。

聖美情急之下，只好回頭望向袁唯，眼神像是在詢問袁唯此時該如何應對。

袁唯卻只是一面和身旁的吳高、趙水低聲交談，一面似笑非笑地望著狄念祖。

狄念祖在與袁唯目光短暫的交會瞬息間，耳際聽見了聖美胸肋發出的骨裂聲以及玉兒和寶兒的驚呼聲，陡然驚覺袁唯想要測試的並非他的力量，而是他的殺戮性情。

倘若他逮著了這機會，卻未將聖美一擊殺死，那麼僞裝洗腦這行徑或許會因此露出馬腳。

他心裡自然知道聖美和羅刹、夜叉，以及那些看來醜陋的凶猛生物同樣是生物兵器，但聖美不論外貌或心理，終究比較接近人，狄念祖這些時日以來雖歷經苦楚，卻還未到達殺人不眨眼的境界。

「放手——」玉兒和寶兒發狂撲上狄念祖，玉兒猛力變形，伸出無數銀亮軟臂，自狄念祖雙臂間隙鑽入，死命想要拉開狄念祖的胳臂；寶兒則攀上狄念祖後背，扳著他額頭、揪著他耳朵，將他腦袋向後扳扯。

「喝！」狄念祖索性將頭順勢向後一仰，雙臂也不再施力，假裝一時無法應變，但只覺得頸部一陣劇痛，原來寶兒爲了救自己的公主，張口就往狄念祖咽喉咬去。

此時狄念祖的頸部也生出數片厚甲，卻仍被寶兒利齒和尖銳的手指刺穿。

「你們退下！」聖美瞪大眼睛，大聲喝令。

「公主！」寶兒不解聖美爲何下達這樣的命令，雖不願從命，但咬勢已減緩了些，沒能一口咬穿狄念祖的咽喉。

狄念祖鬆開了手，掐住寶兒嘴巴，將後腦壓低，猛地向後一撞，是記卡達頭錘，轟地撞在寶兒臉上，將他撞落下地。

聖美落地的同時，狄念祖的背脊又已上膛，這次卡達頭錘向前發動。

「哇！」聖美只得以雙臂格擋，被狄念祖腦袋一撞，猶如斷線風箏，朝著圓桌飛去。

狄念祖摀著咽喉，瞬間決定追擊，他壓低身子，再次向前蹦出。

他知道要是繼續耗下去，聖美或許會爲了服從命令而死戰不休。既然要打，那他乾脆將戰火推向袁唯，逼袁唯出手，或者——

逼月光出手。

就在狄念祖高舉拳槍，對準聖美的同時，圓桌那端人影閃動。

被洗腦後的月光，自然不記得聖美是她的敵人，只當她是姊妹，此時雖然未得大堂哥的允許，但果然無法眼睜睜地坐視聖美捱下這記卡達砲，挺身相助。

「別打了！」月光一面喊著，一面從側面夾擊上來，一記飛快踢擊，踢在狄念祖腰間。

狄念祖早有準備，他知道月光心地善良，即使未受洗腦，或許也會出手相助。他腰間有厚甲保護，受了月光一擊，雖然疼痛難當，但不致於失去行動力。他猛地回臂攻擊月光，心想嚇嚇大堂哥，逼他出聲，或許能夠結束這場惡鬥。

果不其然，大堂哥先是一驚，連忙站了起來，扯著喉嚨不知喊些什麼。

但月光出手快捷，瞬間數拳打在狄念祖胸間和臉上，同時，米米和皮皮便如同寶兒和玉兒那般凶猛殺來，他們憤怒的尖吼蓋過大堂哥的喊聲，數十條軟臂狂風暴雨般打向狄念祖全身。

「吼！」狄念祖暗暗叫苦，揮臂亂擋，卻感到胯下一陣冰涼，陡然一驚，回頭一看，竟然是糨糊。

轉瞬間，狄念祖不知道爲何糨糊會出現在這裡，但隨即感到胯下一陣劇痛——那是他曾經教給糨糊的絕招。

此時報應在自己身上。

「住手——」大堂哥幾乎是嘶吼出這句話。

月光拉住了米米和皮皮，寶兒和玉兒則扶住了聖美。

狄念祖和糨糊倒成一團。

「你……敢……打……」糨糊憤怒地朝著跪倒在地的狄念祖揍了兩拳，一見月光抱著米米和皮皮，呆了呆，嘴巴大張，還沒哭出聲，就被火冒三丈的狄念祖一巴掌打翻在地。

「渾蛋……」狄念祖狼狽地單膝跪地，只覺得胯下劇痛難當，這一刻是他自從被傑克打入長生基因之後，唯一感到身上有這基因是件好事的時刻。

「公……」糨糊或許是過於震驚，甚至沒計較狄念祖這麼用力打他。他身子一翻，躍了起來，朝著月光撲去。「抱……」

「又來什麼東西？」「擋下他！」

米米和皮皮一個被月光抱在懷中，一個被月光摟在腰際，但還是甩出數條透明軟臂，將衝來的糨糊捲了起來，重重摔在地上。

「那是什麼？」「那不是本來要銷毀的侍衛失敗品嗎？」

趙水、吳高等人也被糨糊的出現嚇了一跳。趙水臉色發青，露出怒容，瞪視著狄念祖。

狄念祖這才想通，肯定是糢糊沒聽他吩咐，偷偷溜出地牢要找月光，躲在一旁偷窺許久，見他攻擊月光，才忍不住殺出來搗亂。

糢糊自然不是米米和皮皮的對手，他也揮出黏臂抵抗，但仍然不敵，一下子又被揪住了本體，按在地上，痛打一陣。

「那是糢糊呀，他身體裡藏著很多東西。」「他的公主不要他了，他現在是流浪兒。」玉兒和寶兒見到糢糊，也大感訝異，在一旁吱吱喳喳看著好戲。

「米米、皮皮，別打他了。」月光低聲一喊，米米和皮皮立時收回黏臂。他們是完成品侍衛，服從性遠高於糢糊。

「嗚……」糢糊抽噎地掙扎起來，見到月光望著自己的眼神就像望著陌生的孩子，一時間有千言萬語，卻又講不出口，只能哇哇大哭。

「奈落王，這是今天對你的測驗。」趙水站了起來，揚著那枚刻有「殺」字的胸章，對狄念祖說：「袁唯老闆賞識你，請你用這一餐，你不可再隨意攻擊任何人，知道嗎？」

「哼……」狄念祖惱火之餘，同時感到一陣暈眩。儘管他自認未受洗腦，但此時趙水手上捏著那枚胸章對他下令，他隱隱覺得有種說不出來的抑制力。他知道趙水的抗洗腦寄生蟲和藥物雖然有效，但連續兩次的洗腦療程，自己的心靈確實受到某種程度上的侵襲。

他像頭負傷的惡獸，褪去拳槍和身上厚甲，一會兒看看趙水、一會兒瞪視聖美，一步一步湊近圓桌。

一旁一個研究員走近狄念祖，讓他嚇了一跳，正要揮拳，便被趙水喝止，原來那研究員只是要替他穿上斗篷。

「能擊敗聖美，也算不錯了。」袁唯點點頭，滿意地望著狄念祖。「你記得，我要你做什麼嗎？」

「你要我……」狄念祖低著頭，胡亂啃食著研究員端上來的雞腿和牛肉，他好久沒吃美食了，但此時食之無味，糨糊剛才對他施以那記攻擊，痛得他三魂七魄都要離了體，此時臉色發白、滿頭大汗，更增添幾分被洗腦後的心神錯亂感，與袁唯應對時，反倒顯得逼眞。「你要我……殺你，你……你……『梵天』……」

「呵。」袁唯呵呵一笑，點點頭。「你還記得。」

「梵天，只是我初步目標中的三分之一而已。」袁唯搖晃著酒杯，眼中綻放光彩，興致盎然地述說自己的遠大計畫。「創造之神梵天、維護之神毗濕奴、毀滅之神濕婆，當這三位一體，共存於我身之時，就是我，袁唯，正式由人轉神之時。」

「而我的最終目標，是將世上所有神都納入我手下。祂們，都將成爲我的力量之一。」袁唯哈哈笑著說，接著取出手機，看了看行事曆，說：「後天開始，我要進入第三研究本部，與毗濕奴合而爲一，在殺戮日的三天前，我會正式出關，書寫神話——」

「唔唔……」狄念祖一點也不想看袁唯自我陶醉的模樣，索性低下頭，佯裝出飢餓進食的嘴臉，狂吞美食之際，還賊兮兮地掃視圓桌所有人，實則是想瞧瞧趙水是否向他打些暗號。

偶爾他也瞧瞧月光，但見月光掩著嘴，低聲和大堂哥交談，時而露出幸福的笑容，便感到一股酸溜溜的妒火在腹中翻滾。他聽見身後傳來啜泣聲，瞧了瞧，是糨糊，糨糊躲在他的椅子後面，朝著月光探頭探腦。

由於糨糊已被分配到狄念祖的奈落軍團之中，袁唯和趙水沒有意見，其他研究員也不追究糨糊偷溜一事，甚至以爲剛才糨糊莫名參戰，也是這場「測驗」的一部分。

「嘔……」狄念祖吃得撐了，加上胯下疼痛難熬，逐漸感到心浮氣躁。月光近在眼前，卻和那大堂哥相親相愛，這餐桌上大家都人模人樣，偏偏自己得裝成低賤怪物，椅子底下還躲著個啜泣擾人的小怪物。

他露出嫌惡的神情，摀著肚子連連乾嘔，又揉著腦袋，露出一副凶神惡煞的表情，趙水見了，便低聲對袁唯說：「老闆，奈落王剛剛戰鬥完，我替他做個檢查，他體內的急速獸化基因狀態需要時時刻刻監控，不容出一絲差錯。」

趙水這麼說，袁唯自然應允，揚了揚手，說：「我很滿意，你們很棒，殺戮日一役之後，你們都會成爲我的重臣。」

「老闆，我有個小疑問。」趙水突然這麼說。

「你說。」袁唯點點頭。

「幾天後，吉米先生會帶著黑雨機構進入奈落，與我和吳高博士一同打造奈落，吉米先生是我們的長官，到時候，若是吉米先生對我的研究有所指示，我該聽從他的吩咐，還是堅持我的研究方向？」趙水這麼說。

袁唯笑了笑，拍了拍大堂哥的肩，說：「吉米是阿燁的舊屬，但黑雨機構主要的資源還是來自第五研究部，第五研究部裡全是堂嫂家族的勢力，我放出消息，說康諾的人綁架了她。實際上，堂嫂正在堂哥的香閨裡沉沉睡著呢，時間一久，堂嫂那些親信自然內亂，我讓吉米進奈落，表面上擴張他的大權，目的是讓堂嫂的親信在內鬨時，爭相拉攏吉米，吉米可以吸取第五研究部的資源，來擴大奈落的規模。最後，堂哥出面，整合整個第五研究部，輕鬆多了。」

袁唯說到這裡，頓了頓，繼續說：「但吉米的業務歸吉米，你們的研究歸你們，你們現在不屬於吉米，而是屬於我，這一點，我會特地提醒他。」

「有老闆這句話，我儘管放手去做了。」趙水向袁唯點點頭，起身朝狄念祖走去。

吳高有些不滿風頭被趙水一人搶光，他們負責的洗腦工程雖有成效，但自然不如狄念祖肉體能力上的精進那樣直觀顯著，只能暗自和老孫擠眉弄眼，表示對趙水的不屑。

「走吧，我帶你回去。」趙水領著狄念祖轉身往地牢走，狄念祖也不忘順手拎起糨糊，挾著他轉身走。

「嗚……嗚嗚……」糨糊見月光幾乎變成陌生人，身邊相伴的不再是自己和石頭，而是兩個可愛小童，心中酸楚、口不能言，他硬上打不贏米米和皮皮，何況附近還有舊仇寶兒和玉兒。他雖惱火狄念祖對月光無禮，又打了自己一巴掌，但此時被他挾在懷中，不知怎地，也失去掙扎的念頭，彷彿認知到全世界除了石頭之外，就只剩下狄念祖聽得懂自己在說什麼了。「公……主……」

「死心吧你，你的公主不要你了，你沒看人家有新寶寶囉，你湊什麼熱鬧，兩個公主、四個寶寶在和王子扮家家酒，你這流浪小海星去湊什麼熱鬧？」狄念祖嘆了口氣。

「她忘記你了，也忘記我了。」

「哇——」糊糊的哭聲像是隻倒嗓的鴨子，被風一吹，細細碎碎。

CH05 脫逃行動

「準備好了嗎？」小洲望著狄念祖雙眼，說：「會議即將結束，輪到你們上場了。」

狄念祖點點頭，隨著小洲走出地牢實驗區，來到囚著酒老頭等人的牢房前，眾人似乎早已做好準備，大夥都站了起來。

「你們真的不跟我們走？」狄念祖望著飛雲那一處囚牢。「這可能是你們唯一能夠逃出去的機會了。」

「不。」飛雲搖搖頭，說：「我們的夥伴會隨著吉米抵達這裡，雖然機會渺茫得有如不存在，但我希望能夠救他們。」

「況且，你們根本逃不掉。」小棕在一旁插嘴，以爪子扒著地，氣呼呼地說：「都是你們，要不是你們無緣無故進我們的家亂搞，也不會搞成這樣啦，呼呼……」小棕還欲碎嘴，見到蛙娘鼓起了嘴巴瞪著他，便不敢再多說什麼。

另一邊，酒老頭拍了拍鬼蜥的肩，說：「認得我嗎？我們是夥伴，現在要一起幹大事啦。」

「幹大事，好好。」鬼蜥亮了亮獨眼，伸出長舌，在唇上繞了一圈，說：「我們可以殺個痛快啦。」

「我叫你殺，你才殺。」酒老頭按著鬼蜥的頸子，正色地對他說：「如果你失控得離譜，我只好宰掉你。」

「酒老……你想宰我？」鬼蜥露出怒容，氣憤地說：「我會殺了你。」

「聽狄念祖和酒老頭的吩咐行事。」小洲將一枚胸章交給酒老頭，對鬼蜥說：「這是命令。」

「嘛嘛、嘛嘛——」鬼蜥將頭撇開，露出嫌惡感，卻又不敢抗命。眾人在被洗腦的過程中，「殺」字胸章代表服從這樣的概念，已漸漸被植入潛意識裡，雖然胸章不像眾人後頸上的電擊器那樣有實際的嚇阻力，但也有一定的效用。

「糨糊、石頭。」狄念祖敲了敲牢門，問：「還有傑克，你們做好準備了嗎？記得我們的計畫嗎？」

「嗯。」傑克點點頭，他攀在石頭的腦袋上，說：「我迫不及待要出去找主人了……不過……有個傢伙提不起勁。」

那傢伙是糨糊。

糨糊窩在角落，背對著眾人。

石頭拉了拉糨糊，說：「飯要……出發了，我們……跟上。」

「公……」糨糊回過頭，依舊是淚眼汪汪。「主……」

「公主……要我們……保護飯。」石頭此時的神情和以往一樣平靜呆滯，卻帶著一股堅決。「這是……公主……的命令。」

「可……公……不要……我……」糨糊喃喃地說。

「他們說……我們失敗品……不乖……不聽話。」石頭說：「我們不是……失敗品……我們聽話……我們是……最好……侍衛。」

「……」糨糊聽石頭這麼說，想起米米和皮皮窩在月光懷中的模樣，一股不服氣的情緒生出。即使月光不認得他了，他也不願讓米米和皮皮比下去。他一想至此，站了起來，抹抹鼻涕，來到狄念祖身旁。

「走吧，最棒的侍衛。」狄念祖這麼說，向大家招了招手，戴上斗篷頭罩。

小洲領著眾人，一路向上。

當他們走出地牢時，外頭正大雨淋漓。

□

「狄大哥，恕我打個岔。」小次郎踩過地上雨水，來到狄念祖身邊，拍了拍他的肩，說：「月光小姐，不是我們這次計畫裡的一員？」

「……」狄念祖默然不語。

「老實說……」豪強也拍了拍狄念祖的肩。「我以爲你會計畫將她一起救出來。」

「少囉嗦。」酒老頭白了豪強和小次郎一眼。「做好你們分內的事，別忘了你們現在全是泥菩薩過江。」

「酒老，我們爲了鬼蜥和百佳，差點和趙水翻臉。」小次郎說：「雖然我不知道狄老哥和月光小姐的交情如何，但我想至少好過我和鬼蜥。」

「小次郎……」走在最前頭的小洲轉過頭來，望著小次郎。「閉嘴。」

小次郎吐了吐舌頭，背過身做了個鬼臉，不再說話。

狄念祖靜默半晌，才說：「在這個地方，她是公主，離開這裡後，我沒有自信保護她，我可能隨時會死，她毫無生存能力。」

傑克被大雨淋得渾身濕透，仍忍不住嘟囔一句。「當袁正男的公主還真可憐呢。」

「……」狄念祖停下腳步，低頭不語。傑克攀上他的肩，掀開他頭罩一角，只見他眉心糾結，咬牙切齒，像是心中強烈掙扎著。

「當我什麼也沒說。」傑克見眾人都望向他，趕緊跳回石頭腦袋上，張開爪子擋雨。

隨著逐漸走近洗腦實驗室，眾人不再交談，來到實驗室大門時，一名研究員向小洲招了招手，指指後頭的糨糊和石頭。

「趙水博士待會安排了戰鬥測驗，這兩個侍衛和那隻貓也要參與，他們是奈落王的手下，會乖乖在這裡等。」小洲這麼說，也不等研究員答話，便帶著狄念祖等人上樓。

「酒老、酒老……」小次郎一面上樓，一面拉了拉酒老頭的斗篷，低聲說：「我忘了博士要我們殺哪四個人，吳高、老孫、王八，還有一個叫啥？我記不得他的長相……」

「閉嘴……」酒老瞪了小次郎一眼。「到時候我要你打誰你就打誰。」

「記住，其他人不能亂殺，他們是要替趙水博士做見證的。」豪強低聲提醒小次郎。

小洲聽見後頭零星碎語，回頭咳了兩聲，小次郎和豪強立時閉嘴。

當他們走進擺有洗腦艙的大實驗室時，裡頭傳出爭執的聲音。

「趙水，你不要以爲你現在眞的和我們平起平坐了！」老孫瞪著眼睛，指著趙水的鼻子叱罵。「你這小子當初要不是私藏了卡達蝦基因的研究成果，我們部門早就飛黃騰達了！」

「孫博士。」趙水搖搖頭，盯著比他矮了一個頭的老孫，靜靜地說：「你們負責奈落王的心靈、我負責他的身體，我從他的身體觀察到他心靈上的不穩定，你擬定的洗腦設定有誤，我愼重要求你重新擬定。」

「放你個屁——」老孫勃然大怒，漲紅了臉將身邊文件一把抓起，摔在趙水臉上。

「太好笑了、太好笑了，我和老吳替聖泉設計洗腦艙時，你在做什麼？說，那時候你負責做什麼？」

「那時候，我負責替你們倒茶。」趙水這麼說。

「你沒忘嘛，你還沒忘嘛！」老孫跳腳。「既然如此，你懂個屁？你憑什麼指正我，你說我的設定有問題，有什麼問題？你說說看，有什麼問題？」

「我可以一點一點分析給你聽。」趙水呼了口氣，彎下腰，拾起那些文件，隨意整理一番，向身邊幾名研究員招了招手，說：「大家可以一起研究，我逐條解釋，孫博士的設定確實有問題。」他這麼說的同時，伸手指向老孫。「或許你老了，思考能力退化了，所以看不出問題。」

「喝——」

趙水這句話，像是炸彈般炸得老孫又蹦又跳，他氣得連話都說不清，將趙水整理好的文件又搶了過來，氣呼呼地大吼：「你沒資格評論我的東西，你給我滾，這是我負責的事，你別插手。」

「趙水，你鬧夠了沒？」林龜大步走來，拉開暴跳如雷的老孫，指著趙水說：「洗腦艙已經準備好了，會議結束，請你出去。」

「我是這計畫的負責人之一，你無權要我出去。」趙水望著林龜說。

「那麼請你乖乖坐好。」吳高遠遠地拉高聲音，板著臉說。「準備開始。」

趙水擺出一副無奈的神情，攤了攤手，默默轉身，自個兒找到一處空位坐下。

狄念祖等在小洲的帶領下，像先前兩次那樣脫去斗篷、戴上洗腦儀器，各自來到分配的洗腦艙前，一一進入洗腦艙。

狄念祖望著自腳下蔓延開來的半透明黏液，閉起眼睛，任由黏液逐漸注滿整座洗腦艙。他感到氧氣罩裡的氣味變化，催眠氣體開始釋放，他逐漸昏沉，但未深眠——他們事先服下了一款新藥物，能夠抵抗催眠氣體。

接著，狄念祖感到腦袋嗡嗡響起，洗腦儀器開始作用了，由於並未睡著，他覺得洗腦儀器傳出的聲波和刺激使他雙耳鳴響、頭皮刺痛。

他的後背、四肢也開始出現一陣陣電擊刺痛，這是抗洗腦寄生蟲的效用，同時，他感到胃部逐漸不適——這是他事先服下另一種藥物的效用，作用是刺激胃部、造成痙攣。

「博士，有點狀況……」一名監測洗腦艙的研究員開口這麼說：「這小鬼在嘔吐。」

眾人往小次郎的洗腦艙聚集，只見小次郎彎著腰、捧著肚腹，嘴巴大張，半透明的氧氣罩裡充滿了嘔吐物。

「怎麼回事？」老孫大喝，推開幾名研究員，來到小次郎的洗腦艙前，不可置信地望著洗腦艙。

「你的設計有誤，會讓他們產生暈眩！」趙水突然高聲這麼喊。「他們負荷不了，快停止——」

「放屁！」老孫轉頭大罵，接著急急低聲吩咐：「先放這小鬼出來。」

「博士，奈……奈落王也……」一名研究員大叫。

眾人驚慌看去，只見狄念祖的氧氣罩裡也滿是嘔吐物，且神情看來焦躁不已，突然，狄念祖睜開了眼睛。

「他怎麼了？」「他頭痛嗎？」眾研究員手忙腳亂地試圖關閉狄念祖的洗腦艙。但狄念祖抱著頭、屈著身，一副痛苦萬分的模樣。突然，他雙腳彎曲，猛地一蹬，轟隆一聲巨響，洗腦艙的艙門被蹬了開來。

黏液湧洩而出。

「吼啊啊啊啊——」狄念祖蹦出洗腦艙，腦袋上的儀器還連接著洗腦艙內部，狄念祖捧著頭，狂吼怪叫，事實上他確實頭痛欲裂，背脊與四肢也有規律地發出刺痛。

「怎麼回事！」「快停止、停止！」研究員驚慌失措，幾名研究員七手八腳在洗腦艙面板前忙碌操作，試圖停止所有洗腦艙的運作。

只聽見數座洗腦艙都發出撞擊騷動，酒老頭等全都睜大了眼睛，憤怒地游動、自內部踢打洗腦艙。

喀嚓、啪啦——洗腦艙的艙門紛紛爆裂、彈開，酒老頭、小次郎、豪強等一一竄了出來。

「哇啊，怎麼回事！」老孫被一片強化玻璃碎片濺得摔在地上，翻了個滾，驚駭地掙扎站起，又重重滑了一跤。他的身子尚未觸及地面，喀嚓一聲，腦袋已被鬼蜥一把摘離了身體。

鬼蜥一臉貪婪地捧著老孫的腦袋，像是個在混亂中搶得珍寶的孩童般躍到角落，一面氣惱地揉著身上被寄生蟲電擊的痛處，一面伸出長舌，自老孫腦袋頸子斷口竄入，大口大口吸吮著。

「電擊器！」「快阻止他們！」「沒效嗎？怎麼回事？」幾個研究員手忙腳亂地操

作著電擊儀器，卻被狄念祖和豪強一一撂倒——趙水在他們頸部電擊器周圍注入了另一種寄生蟲，能吸收一部分電擊，使狄念祖等人在受到電擊時，雖然疼痛依舊，但不致於失去行動能力。

「快撤退到避難室，準備施放催眠氣體！」趙水大聲喊著，指揮幾名研究員往實驗室一扇門奔逃。

吳高、林龜、王八驚駭之餘，也跟著趙水一同逃跑。小次郎尖嚎一聲，攔在他們面前，一刀斬死林龜，再一刀，反手刺進王八心窩。

「哈哈——」小次郎殺得興起，一腳將吳高踢翻，準備將他也殺了。

啪！

狄念祖隨手抓了件斗篷披上身，轉頭見到小次郎要殺吳高，急急一記卡達砲，一拳擊在吳高肩頭，將他擊飛數公尺，撞翻一只資料櫃，文件雜物漫天飛灑。

「你跟我搶什麼！」小次郎怒叱，想要追擊吳高，又被酒老頭一把拉開，賞了他一巴掌，低聲叱喝：「你殺紅了眼？忘了我們要幹嘛？」

「什麼、什麼！」小次郎被酒老頭一耳光打得怒氣沖天，見狄念祖上前揪起吳高，轉身奔離研究室，才想起大夥早已暗中商量妥當，這四人可不能一口氣全都宰掉，至少要挾持一人逃離奈落，免得趙水待他們除去死敵，卻出爾反爾放出大批追兵圍捕他們。

「別打了，走！」豪強一把摟著百佳，一手拉著鬼蜥，奮力往外衝。

黑風狂吼一聲，由獸人變回猛犬，奔在最前頭，撞翻幾個收到通報趕來支援的夜叉。酒老頭、小次郎緊跟在後，接連擊斃幾個夜叉。一行人陸續奔出洗腦實驗室後，與外頭的糨糊、石頭會合，一路往奈落邊界狂奔。

四周鬧哄哄的，是小洲暗自放出幾批實驗兵器引發騷動，藉以讓狄念祖等人脫身。

「狄念祖，少了吳高，你殺了他嗎？」

小洲的聲音自狄念祖耳後皮膚一處腫包響起，那兒是趙水埋入的一只迷你擴音器，目的是在行動途中與狄念祖傳遞訊息。

「之前說好的，逃出去之後，就殺掉他。」狄念祖則藉著縫在嘴內上顎處的麥克風回答。

「我警告你，別打歪主意……」小洲低聲警告。

「啊、啊……」吳高被狄念祖挾在脅下，聽見狄念祖與小洲的對話，驚駭地喊：

「你……你們和趙水串通?」

「那是吳高的聲音，他還醒著?別讓他說話!」小洲急促下令。

「哼。」狄念祖伸手在吳高嘴上一抓，抓碎了他的下顎骨。「好了，他說不出話了。」

吳高痛得幾乎暈死，僅能發出唔唔唉唉的聲音，任由狄念祖挾著奔跑。

眾人足足奔跑了數分鐘，總算抵達事先規劃好的地點，是一處臨時卸貨工作場，此時這兒停了幾輛巨型貨櫃車，卻沒有人跡，這兒的工作人員被小洲以發生突發事件爲由，盡數調往一處緊急避難所。

狄念祖找到了小洲事先備妥的一輛貨櫃車，裡頭插著車鑰匙，眾人快速檢查貨車上下，揭開貨櫃後車廂門，紛紛上車。

「糨糊，怎麼，還不上車!」傑克攀在石頭腦袋上，喊著糨糊。

糨糊淚眼汪汪地望著月光小別墅的方向，一動也不動。

「走、糨糊、走……」石頭伸出石臂，試圖拉動糨糊，糨糊淚眼汪汪地轉過頭，對石頭搖了搖頭。

「那兩個笨蛋在幹嘛？他們不走我們走！」小次郎在車廂裡厲聲怒罵。

「喵啊，快走啦！」傑克見到車廂裡眾人急急催促，只得從石頭腦袋上跳下，奔上貨車，躍上狄念祖的肩，攤攤手說：「小狄，你說說他們吧。」

「……」狄念祖耳邊傳來小洲一聲聲的催促，身旁的小次郎氣得跳腳，在他腦袋上的傑克不停拍著他的頭，但他此時心中茫然一片，呆然望著車外扭打成一團的糰糊和石頭。

「走！糰糊……聽話……」石頭也哭了，甩出數條石臂想將糰糊拉上車，但糰糊讓身子變得軟軟爛爛，像是一團煮爛了的年糕般，石頭的黏臂揪不住他。

「救……公……」糰糊沙啞哭著，突然回身甩出一條黏臂，將石頭推開老遠，接著蹦了起來，往小別墅的方向跑。

「糰糊！」石頭氣急敗壞地哭追上去。

「……」狄念祖長長吁了口氣，轉過頭。「豪強，準備開車。」

「小狄，你不去把他們抓回來？」傑克哇嗚一聲。

「小洲，我們準備出發了，嘴巴塞著一個東西難受，我要拆下麥克風了。」狄念祖張開嘴巴，將縫在上顎的麥克風扯了出來，大力捏碎，再將植入耳後的小擴音器也挖出扔了，接著將吳高拋給酒老頭，對他說：「如果可以，別殺他，留著當人質。你們可以對他用刑，逼他替你們取下電擊器。記住，有機會就換車，這輛車未必安全。」

「狄念祖，你……」酒老頭愣了愣，尚未反應過來。

「狄老哥，你不跟我們走？」小次郎哎呀一聲，訝異地拉著狄念祖的胳臂。

狄念祖將傑克抓下，自個兒躍下車，笑了笑，望著酒老頭和小次郎。「很高興和你們合作，我還有事，大家命大的話，以後碰了面，再來好好大吃大喝一頓。」

酒老頭凝視著狄念祖，向他點點頭，示意小次郎關門。

「哇！等等！」傑克喵嗚一聲，追了上去，抱著狄念祖小腿，急急地喊：「小狄，你瘋啦，你不走就沒機會了，你的脖子上還嵌著電擊器，那東西鎖著你的頸骨，不能硬拆，你怎麼跟他們鬥？」

「我沒時間和你囉嗦，你快上車，我要走了。」狄念祖吁了口氣，望著前方追逐的糨糊和石頭，彎下腰，擺出百米衝刺的姿勢。

「什麼……」傑克回頭看了看貨櫃車，車還未開，車廂門關了一半，小次郎似乎還在和酒老頭爭執著什麼。

「可是，我和他們不熟……」傑克還猶豫著，只聽見狄念祖雙膝發出了上膛的聲音，猛地一驚，急急攀上狄念祖的背，雙爪緊緊揪著狄念祖身上的斗篷，只感到身子像風箏般盪了起來，激烈地上下震盪，四面翻轉，風聲在他耳邊響亮地颳捲起來。

狄念祖追上了前方又扭打成一團的糨糊和石頭，一腳將他們踢翻在地，上前提起他們，說：「你們打什麼架，把力氣省下來，救你們的公主！」

「救公主？」石頭呆了呆，一時間不明白狄念祖要幹什麼。

糨糊反應快些，一聽狄念祖這麼說，又望著月光身處的小別墅方向，似乎猜著了他的心思，便叫著跳了起來，也伸手指向那兒，喊：「公……」

「你們如果真想救月光。」狄念祖吁了口氣，說：「跟在我身邊，一切聽我的，知道嗎？」

「呀？」石頭一聽狄念祖這麼說，也不禁感到欣喜，立時打起精神，繞到狄念祖右側，將腦袋湊向狄念祖的手。

像他以往在月光身邊待命那樣。

糨糊也本能地繞到狄念祖左側，張開幾條黏臂，其中一條指向小別墅，張大了口，著急之下，吐不出半個字。

狄念祖未再多說什麼，呼了口氣，又奔跑起來。

CH06 真心的淚水

「呃！」狄念祖從斗篷底下抓出暈頭轉向的傑克，拍拍他的臉，低聲對他說：「你怎沒上車？」

「喵……」傑克癱在狄念祖胳臂彎中，喃喃地貓吟著。「那怪蜥蜴見了我就流口水……臭老鼠小次郎從不給我好臉色看，如果小狄你不在……他們肯定會欺負我啦……怎麼，你不是說月光待在這裡比較好嗎？現在又改變主意啦……」

「你不也說當大堂哥的公主很可憐嗎？」狄念祖哼了哼，伏低身子，且捂住傑克的嘴，示意他別再囉嗦。

他們藏身的草叢前方十來公尺處，就是月光棲身的小別墅庭院，這兒距離奈落裡幾處實驗室都有段距離。狄念祖領著糨糊與石頭，趁著四處混亂之際，找來了這裡。

此時動亂逐漸平息，狄念祖心想必定是趙水收到小洲的通知，知道眾人已經離開奈落，準備收拾善後，將「吳高等人洗腦實驗出錯，狄念祖等失控暴動，逃離奈落」這件事向上呈報。

趙水自然知道袁唯必定要為此大發雷霆，但他大可將因由全推給吳高四人，自己扮演收拾善後的角色，提出事先擬定的幾項備案，包括將自狄念祖體內取出的基因樣本注入現成的強力實驗體中，佐以外科整形技術，造出一個「替身」——這辦法雖然稱不上高明，但除了袁唯自身感受之外，對殺戮日計畫可說毫無影響。袁唯料想不會反對，必定會將「培養奈落王」這項任務繼續交由趙水負責，若殺戮日計畫順利完成，趙水便有更好的機會向上高升。

狄念祖猜想此時趙水必會召集那些倖存的研究員，向他們精神喊話，說服他們認同自己。有了他們的證詞，趙水便更能取得袁唯的信任，想來應當沒有多餘的心力來關切小別墅周遭的保全情形。

此時小別墅周遭只有五、六隻夜叉守著，以目前的狄念祖，加上糨糊和石頭，要解決這些夜叉並非難事，但最大的關鍵在於如何說服月光與他同行。

被洗腦後的月光，自然不會拋下「王子」，與個一身髒污、斗篷底下什麼也沒穿的怪男人遠走高飛。

當然，劫走月光會更麻煩，即便是現在的狄念祖也無法輕易制伏月光。若是騷動傳開，讓趙水知道「奈落王」還賴在奈落裡，那連「替身」都不必造了，直接召集附近幾個守衛據點的強力兵器，大軍壓境，重新逮住，再向袁唯邀功。

「聽好，我們別硬闖，知道嗎？要用腦袋，不能讓趙水發現我還在這裡。」狄念祖吩咐糨糊和石頭，帶著他們緩緩繞起遠路，觀察別墅周遭。

這本爲廢棄羅刹場的奈落佔地遼闊，除了幾間開啓運作的實驗室與員工宿舍，也有不少廢棄建物，甚至有一小片山林，和好幾處戰鬥訓練場。狄念祖本想耐心待得天黑再行動，但他花了一個多小時，繞到別墅斜後方，發覺別墅後方幾間貨櫃組合屋無人看守，且這些貨櫃組合屋一側，有兩、三條密閉通道與小別墅的建築本體相連，看來像是增建。他猜想或許是爲了盡速蓋好這小別墅供月光暫居，內裝來不及鋪設水電管道。這些貨櫃組合屋想來是作爲儲藏發電機和儲水設備之用，或是盥洗、廚房、倉儲之類的空間。

他看看左右，觀察半晌，確認那些夜叉只是靜靜守在庭院，而沒有嚴密巡邏，便低聲和傑克、糨糊、石頭研究一番，準備潛入其中。

糨糊伸出細細的黏臂，上頭掛了一枚眼睛，像是蛇一般貼地延伸，一路伸出十來公尺，來到那幾間組合屋下，四處探了探，確定周遭無人看守，接著向上延伸，來到一扇窗邊，那窗戶半敞，糨糊用獨眼向裡頭望了半晌，試圖將內部情形轉述給狄念祖，但他難以發聲、支吾半天也說不清楚；傑克聽得不耐煩，便大著膽子奔了過去，攀著糨糊黏臂湊到窗邊，探頭進去瞧，只見裡頭模樣並非他猜測的浴廁或廚房，而是間實驗室，裡頭擺著許多儀器和大大小小的透明艙箱，艙箱中漂浮著一些生物。

狄念祖見到傑克向他招了招手，便小心翼翼帶著糨糊和石頭趕到組合屋窗邊，往裡頭看了看，見到那些實驗艙箱，也大感訝異。

更令他訝異的是，米米和皮皮也身在其中。此時的他們赤裸著身體，沉沉睡在透明液體中。

「他們應該是成長中的侍衛。」傑克攀在狄念祖肩上，湊在他耳邊說：「我記得以前在基地裡，聽大家討論過聖泉的女奴計畫，這些侍衛在發育成完全體前，每天必須回到培養箱裡睡上八小時，才會持續成長……」

「如果沒有睡足八小時呢……」狄念祖這麼問，突然醒悟，轉頭望向糨糊和石頭，似乎已得到答案——糨糊和石頭當初棲身的實驗室，也因爲狄國平的破壞行動而受損，當時仍在發育中的糨糊和石頭也因此停止成長，心智和體型永遠停留在現在的階段。

「看看裡頭有沒有人。」狄念祖低聲對糨糊說。

糨糊將掛著眼睛的黏臂伸入窗中，四處望了望，對狄念祖搖搖頭。「沒……」

「好，我們進去。」狄念祖這麼說，先派傑克躍入實驗室把風，然後指揮糨糊和石頭變形，伸入裡頭，接著他小心翼翼地將窗戶拉得更開，要糨糊和石頭協力將自己整個人橫舉抬進裡頭，避免身子和窗沿碰撞接觸，因此沒有發出一點聲音。

狄念祖進了實驗室，與傑克等大略地探了探，判斷這三、四坪大的組合屋內應當是專用的侍衛培育房，裡頭共有五只培養箱，除了米米和皮皮，還有三個育成中的侍衛原形，一個呈六芒星狀，體型比籃球略大；另一個全身豎著長長短短的粗角，狀似鉛筆海膽，體型與小玉西瓜差不多；第三個便只是顆球體，僅有香瓜大小。

「哇，他是不是醒著？」狄念祖見包括米米和皮皮在內的侍衛們都沉沉睡著，但那香瓜大小的圓球卻睜著一雙葡萄大小的眼睛，盯著他們猛瞧。

「眞的耶……」傑克望著培養箱，低聲說：「小狄，這應該是剛出生的小侍衛，你看，他連嘴巴都沒長出來，不用怕他告狀。」

另一邊，糨糊和石頭雖然記著狄念祖千叮萬囑要他們沉穩安靜，但見了這麼多自己的同類，也不禁看呆了，貼在三只培養箱外瞪大眼睛看著裡頭的傢伙們。

「別浪費時間，趕快找到月光再說。」狄念祖留意到這實驗室中設有辦公桌，桌上擺著文件、電腦和保溫杯，顯然有常駐的研究員。

實驗室中有兩扇門，一扇門往外、一扇門通往小別墅。

大夥躡手躡腳地來到通往小別墅的門邊，糨糊故技重施，將眼睛掛在黏臂上，伸入門縫下，向前探爬，門的另一端是一條轉折廊道，再過去，又是另一道門。

糨糊伸入第二道門，裡頭已是小別墅內部。糨糊伸著黏臂四處探找一番，終於在二樓臥房裡見到月光，她正伏在梳妝台前發呆，似乎在化妝，但畫得有些差強人意。

收回黏臂的糨糊，花了好半晌工夫，才大致說清了月光所在位置。

傑克說：「小狄，現在可是個大好機會呢，月光小姐雖然厲害，但你現在的力量強過她，兩個小侍衛還睡著呢，外頭那些夜叉也沒什麼精神，你用最快的速度制伏她，用你的卡達奔跑衝到剛剛的地方，開車帶著她遠走高飛。」

「不……」狄念祖搖搖頭，說：「太危險了，月光沒那麼容易對付，我現在的力量或許足以擊敗她、傷害她，但這不是我們的目的，我沒自信能在不對她造成嚴重傷害的情況下綁架她，再帶著她和你們成功逃出奈落。打鬥的過程一定會引起騷動，聖泉在奈落外頭還有幾處據點，要是走漏消息，在月光不配合的情況下，我們還得應付奈落裡的兵力和聖泉的援軍，必死無疑。」

「也對。」傑克點點頭，像是同意狄念祖的看法。「但是……若現在不動手，等兩個小侍衛醒了，就更沒機會動手啦。」

「我倒是有個點子。」狄念祖低聲說出心中的盤算，和糨糊、石頭、傑克商量了好一會兒。

「小狄……你確定這辦法有用？」傑克狐疑地望著狄念祖，像是有些疑慮。

「如果月光依然是以前那個月光，這個辦法絕對有用。」狄念祖淡淡笑了笑。

「如果她變了呢？」傑克問。

「不會的……她的記憶或許改變了，但她的內心仍然和以前一樣。」狄念祖搖搖頭。「我想我昨天已經確定了這一點。」

「好吧，小狄，我相信你的判斷。」傑克這麼說，接著長長吁了口氣，站了起來，拍拍胸口。「而且，對我傑克而言，這應該不是一件困難的任務。」

「是啊。」狄念祖望著傑克說：「畢竟你是這個世界產生文明以來，最頂尖的貓特務。」

「噢——」傑克聽得飄飄欲仙，他躍上狄念祖的身子，捧著他的臉親了一口，再重新躍下地，像人般站起，轉身對他說：「小狄，你是我見過最誠實、最有眼光的人，我不會令你失望的。」

「全靠你了，傑克。」狄念祖對傑克豎起大拇指，再轉頭對糨糊下令：「開門。」糨糊以黏臂自另一側將實驗室通往小別墅的兩道門都打開，傑克威風凜凜地奔入小別墅中。

他走進別墅內部，左看右看，只見這別墅雖然也是簡易的半組合屋，但家具裝潢可一點也不含糊，擁有濃濃的歐洲風情與完整的現代生活機能，他在客廳繞了一圈，從窗邊見到小庭院外的夜叉全背對著別墅。

這一點，在海洋公園時也是如此，那些夜叉是最盡忠職守的看門護衛，且在大堂哥的指示下，除非主人要求，或遭逢危急情況，絕不踏進室內一步，甚至連看都不看一眼，免得屋內主人產生壓迫感。

傑克朝外頭望了幾眼，接著躍上一旁的餐桌，見到桌上擺著餅乾和牛奶，捏起一塊餅乾，咬了幾口，故意將餅乾屑沾得渾身都是，然後抬起腳，本想將牛奶瓶一腳踢下桌，又怕引起外頭夜叉的注意，便將瓶子輕輕放倒，讓牛奶灑了滿桌，自個兒舔了半晌，伸出爪子拍拍牛奶，往身上亂沾一通，用爪子整整身上黃毛，對著瓶身倒影做了幾個憂鬱哀傷的神情，自言自語：「完美。」

「喵——」

「喵喵——」

傑克踏著鮮奶腳印，叼著半塊餅乾，搖搖晃晃地走向二樓，邊走邊哭、邊哭邊叫。

「咪喵——咪——喵嗚——嗚嗚——」

最後，他來到月光的臥房門口，噗通一聲，哭倒在門欄處。

「咦？」月光注意到這怪異的貓哭聲，轉頭見到傑克，便提緊趕了過來，將渾身沾著牛奶和餅乾屑的傑克捧了起來。

傑克讓自己渾身放鬆，讓身子看來癱軟無力，大口大口地呼吸，讓肚子起起伏伏，還不時顫抖。

「美麗的……美麗的公主殿下呀……求求妳……可憐可憐我……」傑克抬起爪子，在月光的手腕上輕輕推著，說：「我好難受，救救我……」

「你……你會說話！」月光有些詫異。「你也是奈落的實驗生物嗎？你怎麼了？生病了嗎？爲什麼會……來到這裡呢？」

「我……我被人追殺。」傑克這麼說，突然抬起身子，抱住月光的胳臂，嗚嗚哭了起來：「求求妳不要跟人家說，只要讓我躲兩、三天，我會乖乖離開，求求妳——」

「嗯……」月光一點也沒有反對的意思，而是抱著傑克下樓，似乎想要拿點東西給他吃。

「啊呀，公主殿下，千萬不要讓外面那些夜叉知道我在這兒，要是他們見到我，肯定會說出去，我會被抓回牢裡，他們會切掉我的尾巴、打斷我的爪子、把我的鬍鬚一根一根都扯下來……咪嗚，我一想到就好害怕……」傑克顫抖地說。

「他們不會回頭的。」月光這麼說，仍將傑克放在隱密處，接著將客廳的窗簾一一拉下。她看見凌亂的餐桌，笑了笑，一面上前整理，一面說：「你應該很餓吧，想吃些什麼？我的冰箱裡有很多吃的。」

「嗯……」傑克雖沒忘記自己的任務，但聽月光這麼說，仍然舔了舔嘴巴，說：「要是有魚就好了……」

「有魚啊。」月光來到冰箱前，自冷藏室取出一小碟生魚片，對著傑克說：「吃這個好嗎？」

「好！太好了！」傑克忍不住站了起來，但隨即發現自己有些失態，便趕緊又嗚嗚讓身子軟倒，說：「我的朋友快餓死了，若是知道有生魚片可吃，一定很高興……」

「你還有朋友啊？」月光呆了呆，說：「他在哪兒呢？對了，你是怎麼進來的？」

「我們從後面偷偷溜進來的，因爲前面好多夜叉……」傑克答。

「咦？」月光起身，往後頭走，來到通往實驗室的廊道，只見狄念祖、糨糊、石頭都倒臥在地上，一動也不動。

「啊呀？」月光認出了狄念祖，不免有些警覺，轉頭問傑克：「他是昨天打傷聖美姊姊的人，他就是你朋友？」

「呃……」傑克昨晚曾聽狄念祖說了個大概經過，便答：「是呀，袁唯老闆想要測試他的實力，就讓聖美和他戰鬥，但他一不小心傷了聖美，回到牢裡，被處罰得慘兮兮呢，差點就被殺掉了！」

「爲什麼呢？」月光聽得糊里糊塗，但她自洗腦艙出來後，只覺得心中空蕩蕩的，人們說什麼她都覺得熟悉，但就是想不起來。她對奈落這兒的規矩自然也完全沒概念，聽傑克這麼說，雖然覺得奇怪，卻也未加追究。她上前幾步，伸手探了探狄念祖的鼻息，再摸摸他的頸動脈，一時間卻不知該如何是好。

狄念祖微微睜開眼睛，佯裝虛弱地說：「有……有水嗎？我好難受……我想喝水。」

「你口渴嗎？我去替你倒水吧。」月光伸出手，試圖托起狄念祖的身子，狄念祖也扶著牆順勢站起，由於他的大斗篷之下便再無衣物，他只好拉著斗篷，將身子緊緊裹著，以免嚇著月光。

糨糊和石頭瞥見狄念祖站起，也跟著站起，他們的演技明顯遜色許多，此時僵硬地東搖西擺，盡量試著讓自己看起來可憐些。

月光將狄念祖扶進小別墅客廳，讓他坐在沙發上，替他倒杯水，自個兒呆呆站在狄念祖對面，望著眼前四個看起來極不協調的傢伙，有些不知所措。

「你們……現在沒地方去？」月光試探地問：「貓咪說，有人在追殺你們？」

「是的……」狄念祖點點頭，說：「我們在牢裡犯了錯，得罪了趙水大哥……被整得好慘，我們生了病，走投無路，若是被抓回去，會受到很嚴重的處罰……可能會被活活凌虐至死……」

「昨天，你也殺死了四個實驗生物。」月光這麼說。

「我是被逼的，妳都看到了，我不殺他們，他們就要殺我……」狄念祖嘆了口氣，低下頭、摀著臉，說：「如果換成是妳，妳會動手嗎？」

「我……我不知道……」月光茫然回答：「我也病著呢，我忘記了許多事，現在每天都要治療，才能想起那些事……」

「妳能夠收留我們一段時間嗎？」狄念祖說：「等到這兒的防備鬆懈下來，我們會乖乖逃離這個地方，躲得遠遠的，我保證絕對不會連累妳……」

「這……」月光露出爲難的神情，畢竟收留一隻貓幾天不難，但昨天她在用晚餐時聽袁唯與大堂哥的談話，得知狄念祖可是奈落的重要人物，她不明白這麼重要的人物為何會受此待遇，但她也親眼見到趙水持著「殺」字胸章對狄念祖下令的模樣。

「我作不了主，我問問王子，再答覆你，好嗎？」月光這麼說。

「不——」狄念祖跪了下來。「若是妳告訴王子，趙水肯定會知道，或許王子會答應妳，但趙水會在王子過來之前就把我們殺掉……」

「求求妳，讓我們待三天，只要三天就好了！」狄念祖跪伏在地上，顫抖起來，還轉頭向乖乖坐在沙發上的糨糊和石頭使了個眼色。「一起來求求公主。」

「公……」「公主……」糨糊和石頭聽見狄念祖號令，便躍下沙發，搖搖晃晃地來到月光的沙發前，輕輕摟著月光的腰。「求求妳……」「求……」

「喵嗚——咪嗚——」傑克也幫腔哭著。

「可是……」月光不知如何是好，只覺得腰際衣服有些濕濡，低頭一看，是糨糊和石頭的眼淚沾濕了她的衣服。

糨糊和石頭雖按照狄念祖的腳本演戲……眼淚卻是真的。

「公……主……」「公主……」他們哭得十分眞誠，好久沒有這樣抱著月光了。糨糊一想起月光和米米、皮皮親暱的樣子，更加哀傷，哭得更大聲了。「哇——」

「糨糊！」狄念祖忍不住抬頭提醒。「小聲一點，外面的夜叉會聽見！」

「糨……糊……」月光呆了呆，只覺得這個名字有些熟悉，卻想不起來。她輕輕拍著糨糊和石頭的腦袋，說：「你們應該也是某個公主的小侍衛吧，你們和米米、皮皮之前的樣子有點像呢……你們的公主呢？」

糨糊和石頭聽月光這麼說，不由得有些激動，緊緊抱著月光，沙啞地哭：「公主……」

「他們的公主不要他們了。」傑克插嘴回答。「他們現在是流浪孩童，沒有人疼、沒有人愛，如果被抓回去，身體會被一片片切下來，然後被處死……」

「爲什麼……」月光有些訝異，輕輕摟了摟糨糊和石頭，像是極不忍心他們遭受這樣的對待，她想了想，說：「這樣好了，後天晚上，王子會來和我吃飯，等他來了，我親自和他說，要他跟趙水講講，饒了你們、放你們走，好嗎？」

「太好了。」狄念祖連連點頭，對他的計畫而言，後天雖然有些倉促，但屆時大堂哥一來，他們必然無法像現在這般大剌剌地賴在這裡，他必須在這兩天內想出應變對策。

「謝謝公主殿下——」

CH07 苦肉計

黃昏之後，雨停了、雲也散了。

本來應該前來送餐的工作人員姍姍來遲，月光只推說自己有些疲勞，接過餐點，便將對方打發走了。

那僅是一人份餐點，月光便利用冰箱囤積的食物，煮了頓熱食，讓狄念祖等大快朵頤一番——月光是人造女僕，除了醫護、打掃，自然也善廚藝。

在月光做飯時，狄念祖和傑克則洗了個澡。這小別墅雖也是以組合屋建材臨時建成，但似乎設有獨立的水電線路，與狄念祖先前猜想大不相同，他們在浴室舒舒服服地洗了個熱水澡。

狄念祖穿上月光以備用床單裁剪的長袍，再套上洗淨烘乾的斗篷，儘管依舊古裡古怪，但比起先前的裝扮妥當許多。

晚餐之後，大夥兒聚在二樓書房，說是書房，其實只有一只擺著幾本化妝教學的矮櫃，一張小桌和兩把小椅子。

月光和狄念祖分坐兩邊，望著窗外星空。

傑克懶洋洋地癱在小桌底下打著盹，他好久沒有這樣悠閒地露出肚皮睡覺了。

糨糊和石頭則心滿意足地坐在一角，在狄念祖的暗中吩咐下，糨糊偷偷伸出黏臂，上頭掛著眼睛，在樓梯邊把風。儘管狄念祖早已和月光講妥，要對米米和皮皮下達嚴肅的指示，要求他們千萬不能走漏風聲，但狄念祖知道這些侍衛儘管忠誠聽話，終究是孩童性情，就怕一不小心說漏了嘴，或是大聲喊叫，那可麻煩。

「所以，王子還沒替妳取名字？」狄念祖這麼問。

「嗯。」月光點點頭，說：「我們約定好，等舉行婚禮那天，他會替我取名字。」

「……」狄念祖望著窗外弦月，說：「但是我們這兩天，得稱呼妳什麼呢？」

「你們不是都叫我公主嗎？」

「不不不，他們可以叫，但是我若這樣叫妳，王子會生氣的。」

「生氣？爲什麼？」月光不解地問。

「糨糊和石頭是被公主遺棄的孩子，他們那樣叫妳，是把妳當成他們的公主，他們腦袋很笨，不懂禮貌。」狄念祖隨意胡謅：「傑克只是隻貓，不適用人的禮數，但是我不一樣，我是個人，我不是你的王子，妳也不是我的公主，所以我也不方便喊妳公主，就像妳也不會隨便喊另一個男人『王子』，對吧？」

「這……」月光只覺得狄念祖這番話有些饒舌、有些彆扭，卻又不知該如何反駁，便點點頭，說：「你說的沒錯，但是……這樣的話，你要叫我什麼呢？」

「我隨便喊個代號好了，就像先生、小姐那樣的代號。」

「什麼代號呢？」

「嗯。」狄念祖望著窗外弦月，說：「就叫妳月光好了。」

「月光？」月光隨著狄念祖的視線向外看去，也盯著那弦月，低聲吟喃著。「月光……」

「對，月光。」狄念祖點點頭。「人和人之間溝通，總要有個稱謂，不然就不知道誰在和誰說話啦。」

「那我該怎麼叫你呢？」月光這麼說。

「你叫我『飯』好了。」狄念祖呵呵一笑。「我們肚子餓，來向妳要飯，妳做飯給我們吃，就叫我『飯』好了。」

「他們都有吃我做的飯呀。」月光指了指傑克、指指糨糊和石頭。

「我吃得最多，這代號當然留給我用啊。」狄念祖這麼說：「況且糨糊和石頭也不喜歡被人當成飯，我比較無所謂，我當了很久的飯，很習慣了。」

「你被人當成飯？是誰把你當成飯啊？真的吃你嗎？」月光有些訝異。

「嗯。」狄念祖點點頭，說：「肉好像還沒吃過，但她喝我的血。」

「喝你的血？」月光不敢置信。「爲何喝你的血呢？怎麼不吃一般食物？」

「因爲她那時生病，需要我血液裡的一種養分。」

「所以你就讓她喝嗎？」

「不答應不行啊！」狄念祖瞪大眼睛說：「她有個好不講理的手下，我一反抗，就按著我的腦袋去撞牆，我只好乖乖抽血讓她喝。不過……漸漸地，我覺得讓她喝我的血也沒什麼，我身體裡有一種基因，可以讓我生出源源不絕的血，我們成了朋友。」

「好奇妙的經歷，那後來呢？她現在不喝你的血了？她的病治好了嗎？」

「後來……後來我和她失散了，我們遭到攻擊，變成俘虜，她爲了保護她的小侍衛不受傷害、保護朋友的安危，自願被囚禁，我也被關到了這裡。」

「她也有小侍衛？」月光有些訝異。

「就是他們囉。」狄念祖指了指糨糊和石頭。

「原來……有這麼多公主啊。」月光只覺得眞實世界和她以爲的那個世界不大相同——洗腦艙會灌輸月光新的世界知識，這兩、三次的療程下來，月光認知中的世界，有個至高無上的神統馭著一切，世上的人們和一切生物，分成好幾種不同的階層，她覺得有些紊亂，隨意問著：「那麼『飯』，你呢？你有你的公主嗎？」

「沒有，不過……」狄念祖說：「我很樂意把她當成我的公主。我要逃出去、我要救她出來，我要……做她的王子。」

「哇……」月光似乎有些欽佩，她對狄念祖說：「眞希望我能幫上點忙……嗯，對了！」

月光突然站了起來，看看天色，轉身下樓。「爲什麼米米和皮皮還沒有醒來呢？」

「嗯？」狄念祖悄悄搖醒傑克，低聲問：「對啊，你說那兩個小侍衛一天要睡上八小時，現在會不會睡太久了點？」

「嗯？喵？」傑克揉揉眼睛，說：「我不知道啊，有些小孩貪睡吧……反正那是研究員的事，又不是我的事……」

「研究員……啊呀，該不會！」狄念祖猛然一驚，連忙起身，跟著月光下樓。

「怎麼了，小狄？」傑克見狄念祖神色慌張，便和糨糊、石頭跟了下去。

來到實驗室，月光望著培養箱中的米米和皮皮，不安地喃喃自語：「他們仍睡著不醒呢……」

「可能是累了吧……」狄念祖跟在後頭，試探地指著實驗室辦公桌的空座位，問：「這個位置的研究員，每天都會來嗎？」

「嗯。」月光點點頭。「他們這兩天都會來檢查米米和皮皮的身體狀態。他們說，小侍衛在這個階段最重要了，如果出錯，米米和皮皮可能會壞掉……」

「應該沒事的。」狄念祖不禁有些心虛，心想或許這兒的研究員在洗腦實驗室一役遭逢不測，趙水此時大概也無心分神在月光的小侍衛上；畢竟小侍衛再造就有，光是這兒，除了已長出人形的米米和皮皮，就還有三具備體。

「那位貓朋友傑克，也曾在實驗室待過一段時間，不妨聽聽他的意見……」狄念祖這麼說，一面轉頭喊來傑克，悄聲問他：「你熟這機器嗎？米米和皮皮會不會有事？」

「這……」傑克盯著那儀器面板，張著爪子喵喵幾聲，全然看不懂，但還是逞強地說：「公主殿下，交給我好了，讓我研究看看！」

傑克正要亂按按鍵，便被狄念祖一把抱了起來，對月光說：「我看，還是明天妳去洗腦實驗室時，問問看其他研究員比較妥當，謹慎一點比較好。」

「好……」月光點點頭，仍然憂心忡忡地望著米米和皮皮，一時間也想不出更妥當的方法，只得與狄念祖等返回小別墅。她心神不寧，也無心再聊，安排狄念祖等在書房休息，自個兒回到臥室準備就寢。

狄念祖和傑克暗中商量好一會兒，也討論不出個頭緒，聊得累了，各自入睡。

一早，樓下傳來門鈴聲，狄念祖嚇得自地板彈起，還擺出揮拳姿勢，只聽見月光匆匆下來，知道是研究員來接月光前往洗腦實驗室了。狄念祖心中掙扎，心想月光多接受一次洗腦療程，就將他們忘得更徹底一些；最後，會像聖美那樣完全失去獨立思考與明辨的能力，像個機器人般按照主人的意思行事。

狄念祖不希望月光變成那個模樣、成爲大堂哥的奴隸，直到他厭倦爲止。

他將耳朵貼在門前偷聽半晌，咬牙切齒、緊握拳頭，直到月光隨著研究員離開。他嘆了口氣，一轉頭，見傑克、糨糊、石頭都醒了，各個望著他，便揮了揮手，說：「明天晚上大堂哥就要來了，在那之前我們一定要有所行動……」

「若我們要逃，也只剩這兩天了，小狄。」傑克伸了個懶腰，晃到狄念祖腳邊，蹭了蹭他的腳。

「嗯……」狄念祖在二樓巡了巡，走進月光臥房，來到窗邊，小心翼翼將窗簾揭開一條縫，向下望去，只見五名夜叉仍背對著別墅，恭恭敬敬地站在庭院外側。

「還是那五個嗎？不可能吧，夜叉也要吃飯睡覺，應該會輪班才對啊……」狄念祖自言自語，他以爲傑克會跟上，搭他的話，但他轉頭，卻不見傑克，想起了實驗室裡的米米和皮皮，又多一層擔憂，便想去瞧瞧目前的情形。

他來到實驗室，見糨糊和石頭早已溜了進來，與傑克圍在米米和皮皮的培養箱旁對著裡頭指指點點，不知在討論些什麼。狄念祖連忙趕去，愼重地說：「你們想做啥？別打歪主意啊，要是弄壞了米米和皮皮，月光怎麼願意跟我們走？」

「再不……起床……」石頭說：「會變笨……」

「小狄，」傑克說：「他們說小侍衛開始退化了……」

「什麼？」狄念祖呆了呆，將腦袋湊近培養箱，起初還看不出有何動靜，但突然發現米米和皮皮的皮膚表層緩緩滲泌出不明液體，那液體和培養箱中的液體顏色相近，只有近距離細心觀察，才能察覺出異狀。

「培養箱裡的營養液要定時更換，養育不同的生物要用不同的培養液，水頭陀就是當時工作人員偷懶，培養液壞掉了，才變成失敗品。」傑克這麼說。

「那……現在該怎麼辦？」狄念祖望著糨糊和石頭。「放他們出來嗎？但要怎麼解釋我們在他們公主的房裡呢？要是他們大吵大鬧，肯定會引起外頭的夜叉注意啊。」

「老實說，小狄，我想到一個讓月光小姐跟我們走的辦法，但小狄你或許不同意。」傑克這麼說，將視線轉自米米和皮皮身上。

「你……該不會想綁架這兩個傢伙，然後威脅月光吧。」狄念祖瞪大眼睛。

「哇！小狄，你果然是我肚子裡的蛔蟲！」傑克對狄念祖豎了豎大拇指。

「這……這怎麼行！」狄念祖連連搖頭。

「小狄，你究竟是想救月光小姐，還是想追求她？我們現在可是深陷敵營，八面埋伏啊，你不能只顧自己，想在月光小姐面前維持好形象，她心裡只有她的王子呀！」傑克站了起來，扠著腰說：「你眞要爲她好，就要狠一點，不擇手段帶走她，她現在只接受了最初期的洗腦，只要帶她離開這裡，找到我們的夥伴，讓她接受還原治療，或許有機會回復記憶呀。」

「被洗腦之後，能夠恢復記憶？」狄念祖愣了愣。

「至少在整個療程結束之前，是有機會呀。」傑克這麼說：「否則為何要洗上十幾二十次，一次不就夠了。」

「說的也是……」狄念祖似乎被傑克的說詞打動了，且一來今晚到明天清晨之前，也是最後的機會，再不動手，成功的機會只會更加渺茫。他想了想，說：「我們好好想想計畫，想好了再行動……等等！」

狄念祖似乎想起了什麼，連忙說：「月光前往實驗室，說不定已經將米米和皮皮的情形告訴研究員，他們或許很快就會趕來，我們埋伏著，暗中觀察。」

他這麼說，將傑克等帶離實驗室，退到實驗室與小別墅的通道之間，僅讓糨糊以掛有眼睛的黏臂在實驗室中監視。這麼一等，足足等了一個多小時；狄念祖漸感不耐，與傑克閒聊猜想，假使負責照料米米和皮皮的研究員已遇不測，那麼負責接手的研究員或許會因為資料交接上的問題，寧可造新侍衛，也懶得接手善後；又或許趙水還在整合那此研究員，無法撥空來照料這些小侍衛。

狄念祖胡思亂想之際，只聽見糨糊低聲一呼，連忙問：「怎麼了？」

「醒……」糨糊比手畫腳。「醒……」

「醒了？他們醒了？」狄念祖有些訝異，和傑克互看一眼，輕輕推開門，緩緩探身觀望，只見那兩只培養箱裡，米米仍沉睡著，但體型已明顯退化，變成了初生嬰孩般的模樣，而皮皮則已睜開了眼睛，他退化得更加嚴重，竟變成了類似糨糊的樣子，但不同於糨糊的五角海星造型，皮皮只有四角，看起來像枚做壞了的日式十字飛鏢那般古怪。

皮皮睜開眼睛，像是自夢中驚醒，他在培養箱中甩動身上四角，看不出哪四角究竟是手還是腳。

「他好像有點難受……」狄念祖呆了呆，見皮皮就像個溺水的孩子，掙扎了半晌，身子逐漸虛弱。

「小狄，我知道了，可能是培養液裡的含氧量減少的緣故。」傑克這麼說。

「那怎麼辦，若是死了，要怎麼向月光解釋？」狄念祖著急地來到培養箱前乾瞪眼。

「是啊，不能讓他死，不然就沒人質啦。」傑克這麼說，也不等狄念祖同意，便自個兒在操作面板上亂按起來。

「喂，你知道怎麼操作嗎？」狄念祖驚問：「你在做什麼？」

「嗯……」傑克聳聳肩說：「我猜我知道，不過可能要試看看，才知道我猜得對不對……喵。」

「什麼？」狄念祖用力搖頭，但見皮皮更加虛弱，睜開的眼睛又漸漸閉上了，像是快要死去，也只好讓傑克死馬當活馬醫。

「啊，那邊三個好像也不太對勁……」狄念祖見另外三個侍衛備品也在培養箱中掙扎，一時間手足無措，只聽見幾聲磅磅敲打聲自米米的培養箱中傳出，米米也睜開了眼睛，嘴巴一張一闔，望著隔壁逐漸不動的皮皮，不停敲著培養箱強化玻璃——本來小侍衛的力量能夠輕易破壞培養箱，但此時顯然虛弱無力，連敲擊的聲音都十分微弱。

「嘖！」狄念祖情急之下，左右看了看，奔到辦公桌旁，抓起披在椅背上的研究員外套，奔回皮皮的培養箱前，將外套抵在培養箱一角，化出拳槍，扣起食指，使指關節上膛，隔著外套彈了彈指。

啪啦——培養箱自彈指處碎裂開來，培養液自裂縫與破口緩緩洩出。

「把他們弄出來，別發出太大聲音！」狄念祖急急吩咐，接著故技重施，提著外套，將米米的培養箱也擊破。

傑克則指揮著糨糊和石頭，將培養箱的碎片取下，將米米和皮皮救了出來。

狄念祖既然救出米米和皮皮，也沒理由看著三個備品活活溺死。他一不做二不休，索性將另外三只培養箱也擊破，將那香瓜大的圓球小侍衛、小玉西瓜大的鉛筆海膽侍衛、以及籃球大的六角侍衛全救了出來。

狄念祖等七手八腳地將小侍衛們抱上二樓書房，還去浴室拿了毛巾、浴巾，替他們擦拭身上的營養液。

「這傢伙醒著。」狄念祖單手托著那香瓜大小的圓球，只見他兩顆圓眼睛睜得老大，目不轉睛地望著狄念祖，在他手中彈了兩下，像顆皮球似的。

接著，那鉛筆海膽狀的侍衛也睜開眼睛，他的眼睛藏在一支支鈍角之下，他被救出時，身上那些鈍角本來黏黏軟軟，像是一條條橡皮糖，但他此時清醒，那些鈍角漸漸硬化，他抖了抖身子，似乎警戒起來。

「喂……喂喂……」狄念祖見海膽侍衛眼神中散發出來的殺氣，隱隱感到不妙，他試圖安撫那傢伙。「別生氣喔，是我們救了你……」

狄念祖還沒說完，身後傑克發出了一聲慘叫，他連忙轉頭，只見六角侍衛也醒了，還甩出黏臂捲著傑克。

「喵呀——這傢伙好凶！」傑克怪叫起來，彈出利爪扒抓那六角侍衛，自然惹得對方更加生氣，將傑克高高甩起，往窗戶砸去。

「喝！」狄念祖眼明手快，一把拉住綁著傑克的黏臂，沒讓傑克撞上窗戶，但那六角脾氣火爆，像隻抓狂了的瘋犬般氣憤暴跳，胡亂揮甩起黏臂四處亂打，不僅打糨糊、打石頭，就連那圓球、海膽、米米和皮皮都照打不誤。

「打打打打打打打打打——」那六角連珠炮似地喊打。

糨糊本還照著狄念祖的吩咐，盡量安靜行事，但被六角鞭了幾下，忍無可忍，撲了上去，和他扭打起來。糨糊體型比六角大上許多，壓著他亂毆一頓，只聽六角怪喊出一堆「打」，突地腦袋上兩角竄出，鑽進糨糊身子想要扯碎他的本體。

糨糊打了個冷顫，只覺得身子裡被掏出某個東西，定睛一看，是一輛玩具小汽車，糨糊有藏東西的習慣，一見六角搶了自己的玩具，勃然大怒，可不理狄念祖的叮嚀，也甩出黏臂，一條揪著汽車，三條鑽入六角身體裡，在他體內掏掏找找，一副想要將他本體揪出來捏碎的模樣。

「糨糊，別衝動啊，別殺他！」狄念祖趕忙上前勸阻，突然聽得「噗」地一聲，大腿和小腿猛地刺痛，低頭一看，他的腿上插了兩支鉛筆長短粗細的鈍角——是鉛筆海膽射出來的東西。

「啊……」狄念祖轉頭，只見鉛筆海膽悶不吭聲，但鈍角底下那雙眼睛顯得十分邪惡，一副要將所有人都殺光的模樣，急得連連低呼：「壞掉了，全都變成失敗品了……嗚哇！」

一枚鈍角又射進狄念祖胸肋處，所幸只打著肋骨，否則若是命中要害，即便狄念祖有長生基因，一時之間可難以處理。

狄念祖忍痛拔出胸肋間及腿上的鈍角，化出拳槍，凝神以待，只見鉛筆海膽侍衛「噗噗噗」地一連射來三枚鈍角，都被狄念祖以拳槍擋下，他見那鉛筆海膽射出的鈍角並未重新生出，知道他和糨糊、石頭一樣，脫離本體的部分得花上一段時間才能再生，但此時他射出六枚鈍角，而他身上仍長著數十枚長角，要一一擋下，也十分麻煩。

那頭，石頭拉開糨糊，將被打得趴地不起的六角侍衛按在地上，壓制住他。那六角侍衛被糨糊打得渾身是傷，被石頭壓著，口中還喃喃唸著：「打……打……」但聲音卻沙啞許多，和剛剛洪亮的叫聲大相逕庭。

糨糊眼神閃爍，嘴角帶笑，捧著自己的小汽車溜到一邊乖乖坐著，一副使了什麼詭計還順利得逞的樣子。

「別打了！」

米米突然開口，體型變成嬰孩的她，渾身虛脫無力，伸出小小的手，對著那鉛筆海膽這麼喊。

鉛筆海膽聽見米米的話，凶惡的眼神這才和緩下來，但仍目不轉睛地望著狄念祖手上抓著的鈍角，還往前蹦了蹦。

「還你、還你……」狄念祖立時將手上的鈍角拋還給鉛筆海膽，只見他抖抖身子，身上幾隻軟黏鈍角伸出，捲回射出的鈍角，又插回自己身上。

「你們……你是昨天的……」米米望著狄念祖，說：「你救了我們……但你們在公主房裡，想做什麼？公主……公主現在在哪裡？」

狄念祖見米米能夠溝通，不禁有些欣慰，立刻說：「我是你們公主的朋友，她讓我們在這裡住兩天，我們沒有惡意。這裡發生了一些事，負責養育你們的研究員不知跑去哪裡了，你們的培養箱出了問題，你們幾個差點死去，我不想見到你們公主傷心，只好打破培養箱，把你們救出來……」

「公主……公主呢？」皮皮變成了十字鏢狀的侍衛原型，智能也下降許多，此時搖搖晃晃地站起，身子只剩下尋常椅墊大小。他站起時的模樣，看起來像個被充足了氣、圓圓滾滾的英文字母「X」。

那六角侍衛被石頭壓著，仍然怒瞪著糨糊，露出一副想要報仇的樣子，口中嘟嘟囔囔。「打……打打……」

狄念祖聽六角侍衛的說話聲和一開始大不相同，且那沙啞音調有些熟悉，咦了一聲，轉頭望向糨糊。「糨糊，你對他做了什麼？」

「沒有，我什麼也沒做，我只是把我的小汽車搶回來——」糨糊大聲辯駁，接著，像是突然警覺到事蹟敗露般掩住了口，背過身去，不理眾人。

原來糨糊和那六角侍衛扭打之際，本來想要一舉殺了這搶了公主又揍他的傢伙，但卻在他身體裡摸著了個熟悉的器官，那就是發聲器官。

糨糊的發聲器官損壞後，每晚一想到自己或許再也不能好好說話，難過之餘，也會自個兒把手探進身體裡摸著發聲器官揉揉捏捏、輕輕按摩，就盼一早醒來，又能像以前那樣大聲說話。

也因此當他一摸著六角侍衛體內那熟悉的東西，立時便搶了塞進自己身體，又有些心虛怕狄念祖追究，便將自己的發聲器官塞給六角侍衛。他們都是侍衛原型，這些器官能夠通用。此時糨糊說起話，又和以前一樣溜了。

「你這傢伙……」狄念祖雖不明白這些侍衛肉體運作的奇妙之處，但從他們說話時的變化，也猜出了個大概，他見六角侍衛一副怒火中燒的模樣，正想出聲調停，便聽見樓下傳來敲門聲。

「小侍衛，剛剛是你們發出的聲音嗎？」陌生的喊聲伴隨著敲門聲傳上二樓。

「糟糕，是夜叉，他聽見剛剛的打鬥聲了……」傑克哎呀一聲，來到窗邊，揭開窗簾一角，偷偷向外探看，果然見到五隻夜叉當中，其中三隻依然背對別墅，但有兩隻則來到別墅正門前，「叩叩」敲著門。

「小侍衛，請立刻回報——」

米米望向狄念祖，狄念祖急中生智，立刻對她說：「米米，你們善良的公主看我們可憐、沒東西吃，所以收留了我們，這件事千萬不能讓夜叉知道，他們會向上稟告，若是大堂哥知道有其他人跑進公主家裡，會生氣、會責罰公主的……能不能請妳幫個忙，和夜叉們說你們在玩耍，騙他們離開……」

米米想了想，點點頭，來到窗邊。狄念祖蹲在窗下，將米米托高一些，讓她看起來沒那麼小。

米米揭開窗，照著狄念祖的意思，低頭向底下的夜叉說：「我們在玩呢，你們快離開，怎麼可以靠這麼近，我要告訴公主！」

「我們聽見屋裡有聲音，按照上級吩咐前來關切，沒事的話，我們立刻回歸崗位。」那夜叉面無表情地說。

「沒事啦。」米米催促地說：「快走、快走，你們踏進線了。」

兩隻夜叉不再答話，轉身回到了各自位置，背對別墅站好。

狄念祖放下米米，關上窗，長長吁了口氣，向米米道了謝。狄念祖與傑克互望一眼，見傑克欲言又止，知道傑克在狐疑本來的人質作戰計畫是否還要實行。狄念祖沉思半晌，心想既然米米未將自己視作敵人，甚至因爲自己救了她與皮皮而願意出手相助，那麼或許能夠利用這點，來遊說月光與自己同行。

狄念祖盤坐下來，瞬間已有想法。他望著米米，說：「妳知道你們公主在妳之前，還有其他侍衛嗎？」

米米望了糨糊和石頭一眼，昨天庭院一戰之後，寶兒和玉兒將糨糊與石頭的來歷告訴了米米和皮皮，米米知道月光在他們之前，身邊曾經有過兩個侍衛失敗品，就是糨糊和石頭，那時她才明白，糨糊哭哭啼啼地要接近月光的原因了。

「好可憐的傢伙，他沒有公主了耶。」

「我們有公主，那個醜八怪沒有公主。」

「呵呵呵。」

「哈哈哈。」

當時米米和皮皮笑嘻嘻地聊著。

此時米米望了望自己小小的手掌，又望了望變回原型的皮皮，一股寒意陡然而生。她嗚地一聲，摟起意識模糊的皮皮，啜泣起來。

「糨糊和石頭，好想、好想公主，死也要來見她一面，在地牢裡哭鬧，得罪了夜叉，不停被欺負，才逃了出來。你們的公主雖然忘了他們，但她心地善良，偷偷收留我們，給我們一些東西吃。」狄念祖這麼說。「若是被夜叉察覺狀況不對，那可不得了，博士肯定會下令將我們這些失敗品通通抓回地牢啦……」

狄念祖話說得籠統，言下之意，將米米和皮皮一起算進「我們這些失敗品」裡，讓米米感到自己和眼前的糨糊、石頭已沒有太大分別。

「嗚……爲什麼小王沒來叫醒我們呢？」米米哽咽地說：「林博士明明有吩咐，我們睡得太久，會生病的……嗚嗚……」

狄念祖知道米米口中的林博士，便是昨日洗腦實驗室一役中死去的林龜，他說：「昨天實驗室發生了一些事，現在博士們都忙著呢，可能沒有時間照料你們了，或許他們會安排新的侍衛來伺候公主。」

「我不要……」米米聽狄念祖這麼說，扯開喉嚨就要嚎啕大哭，但見狄念祖對她比了個「小聲」的手勢，又指指窗外，知道千萬不能讓夜叉發覺裡頭的異狀，只好捂住嘴巴，小聲啜泣。

「這樣好了，我有個辦法，逼那些博士繼續將你們留在公主身邊。」狄念祖清了清嗓子，這麼說。「但是必須大家一起合作才行。」

「什麼辦法？」米米一聽狄念祖這麼說，像是抓著了浮木般打起精神、抹去眼淚，期待地看著狄念祖。

「嗯，首先……」狄念祖想了想，說：「我們先把實驗室裡整理乾淨，別讓他們發現裡頭亂糟糟的，我再慢慢把計畫告訴你。」

CH08 意外的訪客

「大家都記住我的計畫了嗎？」狄念祖望著米米。「公主一回來，妳該對她說什麼？」

「嗯。」米米點點頭，經過數小時的休息和大量進食，她的身形比剛離開培養箱時稍微大一些，但看來也僅像個剛學會走路的小娃兒，身上穿的衣物比體型要大了兩號，有些滑稽。她說：「我要對公主說：『公主，剛剛有幾隻怪物偷偷溜進來，打傷了我，抓走了小貓和皮皮，小狄追了上去，現在還沒回來——』」米米這麼說時，還緊握雙拳，露出驚恐的神情，像個稱職的小童星。

「很棒！」狄念祖想不到米米的神情比他想像中還逼真，立時點點頭，說：「接下來呢？」

「接下來，我帶著公主出門，要她下令，引開那些夜叉。」米米說。

「對，妳對夜叉說，那些怪物可能往不同方向逃，要他們往那兒找，妳和公主則往另一個地方跑。」狄念祖問：「妳還記得要往哪個方向逃嗎？」

「西邊。」米米說：「往落日的方向跑。」

「對，那裡是奈落的出口。」狄念祖還記得昨日奈落邊境大門的方向，他說：「不用跑太快，也別太慢；我們會在後頭一路跟著你們，想辦法拖到天黑，我會帶著大家和你們會合。到時候，門口可能會發生一些戰鬥，妳想辦法纏住公主，我會解決那些守衛，然後，所有人一起離開這裡。」

「還有你們，皮皮、小怒、刺針、湯圓，你們都想待在公主身邊，對吧？」狄念祖將視線掃過痴痴呆呆的皮皮，和六角侍衛「小怒」、鉛筆海膽侍衛「刺針」、球狀侍衛「湯圓」，他們聽狄念祖這麼說，都動了動身子表示同意。

「所以，大家一定要聽話，團結一致。我們離開這裡，和公主快快樂樂地生活，替她找個更好的王子，知道嗎？」狄念祖煞有其事地說，三個小傢伙稱號是他隨口取的，小傢伙們也沒太大意見。小怒仍然氣惱糨糊，但似乎只記得糨糊痛打了他一頓，而沒有意識到糨糊除了打他之外，還偷了他的發聲器官。

在米米居中溝通之下，他們都明白了自己的處境，知道大夥兒定要齊心合力，完成狄念祖的計畫，否則會通通被當成失敗品，剝奪侍衛的身分，再也見不到公主了。

「小狄、小狄！」傑克驚呼連連，奔到二樓書房，急急喊著狄念祖。「你的計畫行不通，回來的不只是月光小姐，還有一整隊人馬！」

「什麼？」狄念祖有些愕然，望向米米。「妳不是說，公主平日回來時，身邊都只跟著一、兩個研究員嗎？」

「我不知道？」米米也有些慌張，隨著狄念祖一起來到主臥室，揭開窗簾一角，向外觀望，只見遠遠走來一隊人馬，最前頭是兩個開路夜叉，後頭是扶著月光的大堂哥。

「不是說王子明天才來嗎！」狄念祖一見是大堂哥，訝然至極。他知道月光在步出洗腦艙後，往往會暈眩、昏沉一段時間，他便是要趁著月光腦袋迷糊之際，讓米米哄騙她離開，但此時見到月光身邊不但跟著大堂哥，還跟著大隊夜叉、祕書之類的部屬，不禁手足無措。

「這……」狄念祖大力抓了抓頭，一時間完全無法反應，只好對米米說：「計畫暫時中止，妳向公主說『皮皮』跑出去採花，晚點才回來。」

「那你們呢？」米米慌亂地問。

「我們躲回實驗室……」狄念祖向大夥兒招了招手，領著他們奔出主臥房，但樓下已傳來開門聲，想來是先行的夜叉早先一步抵達小別墅，替大堂哥開門。

此時他們若是下樓，肯定會被夜叉發現，然則這小別墅二樓除了書房和主臥室之外，便只有一間浴室，再無其他房間，倘若大堂哥一走上樓，定會發現他們。

「有了！」狄念祖低聲在石頭耳邊說了幾句，接著拉著眾人往廊道末端走。他摘下掛在牆上的畫讓石頭拿著，並站在廊道最外面，向眾人比出「千萬不能說話」的手勢。

接著，石頭的身形開始變化，漸漸化成一面牆，將這條廊道截下約莫一公尺長的空間，讓大夥兒擠在裡頭，石頭本身的顏色是淡灰色，小別墅的牆是白色，但在昏黃燈光照映之下，加上外側掛著一幅畫，若非在這兒長住，否則一時間也難發現這廊道其實被石頭化身的牆給截短了。

米米沒和大夥兒躲進石頭牆後，她必須負責接待那些夜叉。她強作鎮定地下樓，扠著腰，對著大剌剌走進門的夜叉說：「誰准你們進來的？」

「老闆吩咐的。」進門的兩名夜叉瞧也沒瞧米米一眼，他們手上提著兩大袋東西，來到餐桌邊，將袋子裡的東西一一擺上桌，是美麗的鮮花、熱騰騰的牛排、濃湯、甜點。

兩名夜叉手腳俐落，在大堂哥尚未進門前便將一桌食物打點妥當，還點燃了一根蠟燭，接著恭恭敬敬地站在大門兩側。

大堂哥攙扶著昏沉沉的月光進門，月光穿著乾淨的病人服，洗淨的頭髮尚未全乾，濕濡濡地垂在肩上。

「公主？」米米連忙上前攙扶月光，她握著月光的手，只覺得一陣冰冷，她搖了搖月光的胳臂，不解地望著月光雙眼，她的雙眼看來茫然而空洞。「公主，妳怎麼了？身子不舒服嗎？公主？」

「帶公主上樓換套衣服，下來吃飯。」大堂哥隨口下令，神情看來有些焦躁，身後跟著一對三十來歲的男女，男人身材瘦高，穿著西裝，叫作「羅進」；女人穿著灰色套裝，叫作「李薔薇」，兩人都是大堂哥的機要祕書。

他倆跟著大堂哥步入別墅，便朝兩名守衛夜叉揮揮手，示意他們出去。

「查得怎樣？」大堂哥低聲問。

羅進回答：「老闆，我打聽過了，斐姊他們動員了很多人，到處在找你和老闆娘。」

「嘖。」大堂哥聽羅進提及「老闆娘」三個字，立刻皺了皺眉，瞪了羅進一眼，跟著轉頭望向月光。

月光在米米的攙扶下，正走上二樓，她似乎也聽見了羅進脫口說出的「老闆娘」，便停下腳步，回過頭望著大堂哥。

「我們在聊工作上的事，妳換套衣服，一起吃飯。」大堂哥朝著月光笑了笑。

「好。」月光點點頭，也朝大堂哥笑了笑。

「吳高他們怎麼搞的，怎麼會捅出這麼大的婁子。」大堂哥眉心緊蹙，向羅進和李薔薇抱怨。

「今天新老闆娘的洗腦是趙水親自負責的，出來之後，明顯和前兩天不太一樣，趙水說吳高他們的方法有問題，也不曉得是不是眞的。」李薔薇這麼說。

「你剛剛說，斐姊她們派人找我，她們有什麼打算？」大堂哥問。

「斐姊好像已經起疑心了，袁唯對外宣稱老闆和老闆娘在康諾的襲擊下受了重傷，正進行緊急救治。斐姊說無論如何一定要見你們一面，還要袁唯將康諾交出來，第五研究部要親手處決康諾，替老先生報仇。」羅進這麼說。

「哼……」大堂哥臉色難看，來到餐桌邊，自個兒倒了杯紅酒，一口喝去一半，說：「那個婆娘搞不清楚，第五研究部是我的，不是她們斐家的，就算要替父親報仇，也是我來報，干她斐家什麼事？」

「袁唯那邊怎麼回應？」大堂哥這麼問。

「老闆，聽說袁唯又開始閉關了。」羅進這麼說：「我們根本聯絡不上他，連神之音的高層都接觸不了。」

「那傢伙到底在搞什麼？」大堂哥一口將杯中紅酒喝盡，重重放在桌上，取出手機，望著螢幕猶豫半晌，卻終究沒有撥號。「他走火入魔了。他現在幹的事，和一開始講的完全不一樣，我不曉得他到底在想什麼……本來說好搞一場小意外，讓我奪回第五研究部的主導權，再推給康諾，怎麼搞得像是世界末日，連我父親和叔叔都去世了……」

「老闆，你覺得袁唯眞的會信守承諾？讓你拿下整個第五研究部？」李薔薇這麼說。

「沒有我，他也吃不下第五研究部……」大堂哥眉心糾結，像在思索著重重難題，壓根沒注意到一條帶著眼睛的黏臂，早在他們談話之初，便自二樓牆角緩慢延伸到距離沙發一公尺左右的地方待命。那是糨糊，糨糊受了狄念祖的指示，讓黏臂自石頭牆的小縫緩慢延伸，下樓偷窺，且他將一邊的聽覺器官也掛上黏臂，不僅看得見，也聽得見。

自小怒身體裡奪下發聲器官的糨糊，一面偷聽大堂哥談話，一面悄聲轉述給二樓石頭牆後的狄念祖聽。儘管糨糊做事毛毛躁躁，但這類監聽、偷窺之類的事情幹多了，也熟能生巧，一來事關重大、二來糨糊或許強奪小怒發聲器官心中理虧，又想證明自己是這群黏糊隊伍裡的頭頭，此時認眞將所聽得的一切，小聲地在狄念祖耳邊覆誦。

糨糊雖然無法逐字逐句轉述，但狄念祖靜靜聽著，也猜出七、八成意思，知道大堂哥現在處境甚糟，他爲了奪下第五研究部的主導權，與袁唯合作，但袁唯行事激進的程度遠超乎他的想像，那場「小意外」幾乎造成全球動盪，連他的父親都在那場意外中喪生。或許因爲自己也參與其中，大堂哥對於父親的死，心虛遠大於悲慟。他對袁唯處事手段雖有所不滿，但他此時孤立無援，也僅能被動配合袁唯的一切計畫。

狄念祖不禁有些同情大堂哥的處境，此時他所掌握的實質力量，或許比吉米、趙水更加薄弱，連與心腹談話，都要將隨行夜叉排除在外。

「米米。」月光愣愣地望著鏡中自己蒼白的臉，說：「王子，是不是有老婆呢？」

「公主……」米米提著兩套衣服，不解地望著月光，不明白她為什麼那麼問。

「在小水箱裡，我作了好多夢。」月光茫然地說：「有些開心、有些不開心，我好像忘了很多重要的事和重要的人……」

「出來之後，唯一記得的……」月光這麼說：「有個人對我說，王子可能有妻子……」

月光在吳高等人的規劃下，接受了三次洗腦療程，但這第四次洗腦，卻是由趙水負責。趙水或許是為了在眾研究員面前展示自己的能力勝於吳高等人，刻意使用了與吳高等人不同的方式替月光洗腦。

「那是怎樣的一個人呢？」米米隨口問，她心中發慌，狄念祖吩咐計畫擱置，她生怕自己縮水這件事被大堂哥發現，那樣一來，自己會被視為失敗品，和糨糊、石頭一樣，變成寶兒、玉兒口中的流浪兒。她還謹記著狄念祖的叮囑，要她對月光說皮皮採花去了，以免月光擔心，但此時月光心思紊亂，似乎連皮皮沒和米米在一起，以及狄念祖、糨糊和石頭還躲在她家裡的事都疏忽了。

「那是……」月光茫然想了好半晌，搖搖頭。「我不知道，我想不起來……」

「換套衣服，怎麼那麼慢？」大堂哥的聲音，自樓下傳來。

「就快好了。」月光站起身，隨意自米米手中接過一套鵝黃色禮服，對著鏡子比了比，便脫衣更換。她望著鏡子中隨侍在身旁的米米，突然呆了呆，問：「米米，妳的樣子，怎麼像是變小了呢？」

「咦？咦？」米米嚇了一跳，連連搖頭，說：「沒有……沒有、沒有，公主，妳記錯了，我一直是這麼大呀……」

「是嗎？」月光按了按猶自暈眩的腦袋，換上禮服，米米也在一旁幫忙整理，月光又問：「咦，皮皮呢？」

「他……他摘花去了。」

「摘花？」

「是啊，皮皮知道王子今天要來，特地摘花，想……想做頂花冠，讓公主戴在頭上，但王子來得早，皮皮還沒回來呢。」米米這麼說。

「還有……」月光想起了狄念祖等人，便問：「妳醒來之後，有見過……其他人嗎？」

「沒有、沒有……」米米慌張地搖頭。

「怎麼這麼慢呢？」大堂哥已經來到了門邊，托著酒杯，倚著門，愣愣地瞅著月光。

「……」月光回以一個淡淡的微笑，向大堂哥點了點頭。「王子。」

「妳好美。」大堂哥一口將杯中紅酒喝盡，將酒杯遞給身旁的李薔薇，對她和羅進說：「我和她聊聊，你們下去。」

李薔薇和羅進互望了一眼，低聲說：「老闆，牛排要趁熱吃……」

「我不餓，她剛從洗腦艙出來，大概也沒胃口。」大堂哥揮了揮手，不悅地說：「我和她聊聊，聊完就下去。」

「是。」李薔薇和羅進點了點頭，默默下樓。

「妳比我第一次見到妳時，變得更美了。」大堂哥走到月光身邊，替她拉上淺黃色禮服背後的拉鍊，輕輕按著月光的肩，望著鏡中的她。

「謝謝王子。」月光有些羞澀地笑了笑。

「妳是不是覺得心中空空的，像是少了許多東西？」大堂哥雙手滑過月光胳臂，放上她的腰，將下頷抵在月光的肩上，微笑地說：「妳生了病，很多事都不記得了。」

「嗯。」月光點點頭。「以前我是什麼樣子呢？」

「什麼、什麼？」狄念祖瞪大眼睛，揪著糨糊的身子，急急地問：「大堂哥說什麼？他們在做什麼？」

「飯，你別吵。」糨糊將掛著眼睛的黏臂挪移到主臥房門縫裡，偷偷望著房中的月光和大堂哥。

大堂哥將臉貼在月光臉頰上，互相望著鏡子中的對方。

「以前啊，我們時常這樣看著星星，妳常說要嫁給我。」

「以前……我們……常這樣看星星……妳說要嫁我……」糨糊認真地轉述。

「狗屁，他媽的，噁心的騙子！他什麼時候跟月光看過星星了，我倒是曾和月光一起看過月亮！」狄念祖忿忿不平，眼睛像是要噴出火來。「他的手在哪裡？他的手是不是放在月光身上？」

「小狄，你小聲點。」傑克拍了拍狄念祖的臉。「你太激動了，王子和公主在房裡做什麼，與小狄你無關啊……」

「與我無關我回來這裡幹嘛？」狄念祖氣呼呼地推開傑克，說：「大家準備好，要行動了，那傢伙不懷好意，他想……他想……」

「小狄，他想什麼是他的事，月光小姐不反對，你也不能怎樣啊。」傑克喵喵地說。

「操！我是奈落王，這裡歸我管，我就是要插手……我……」狄念祖露出一副小混混要抽戀愛稅的模樣，卻聽糨糊低呼了一聲。

「啊！那是誰？」糨糊這麼說，聽起來卻像是轉述大堂哥的話。

「怎麼了？發生什麼事？月光穿著衣服嗎？大堂哥在做什麼？」狄念祖氣急敗壞地問。

「他在窗戶旁，他嚇了一大跳。」糨糊這麼回答。「他把公主推開……哼，他敢推公主，我要去打他……」

「什麼？」狄念祖呆了呆，連忙拉住糨糊，仔細盤問：「別激動，到底發生什麼事？」

狄念祖才這麼問，就聽見外頭似乎出了事，大堂哥扯著嗓門吼叫起來：「羅進、羅進！薔薇——」

糨糊也連忙將黏臂縮回，僅露出一小截在牆面一盞壁燈底下，僞裝成壁燈的一部分，瞇著眼睛繼續觀望，只見羅進和李薔薇慌慌張張地奔了上來。

大堂哥來到門邊，抓著頭，拿出手機，卻不知道要撥給誰，他急急地說：「斐姊……斐姊來了。」

「斐姊？誰是斐姊？」狄念祖聽了糨糊轉述，低聲問著傑克。

「斐姊是大堂哥袁正男老婆的姊姊、是他大姨子，她們兩姊妹是聖泉第五研究部的實質頭頭……小狄，你說她來了？」傑克打了個冷顫。

「糨糊說的啊。」狄念祖低聲說。

「不是我說的。」糨糊反駁：「是王子說的。」

「那大概眞的來了。」傑克發起抖來。

「怎麼了？大堂哥的大姨子很可怕嗎？」狄念祖問。

「我有和你說過，大堂嫂怎麼對付那個勾引大堂哥的酒家女嗎？」

「你說大堂嫂把那酒家女抓進實驗室裡，在大堂哥面前，改造成一頭怪物。」

「嗯。」傑克窩在狄念祖懷裡，顫抖地說：「這一招，據說就是大堂嫂的姊姊教給大堂嫂的，她才是這一招的創始者……總之，她們兩姊妹都是心狠手辣的傢伙。」

「那個斐姊……糨糊，你去看看，斐姊有沒有帶人來。」狄念祖這麼吩咐，糨糊還沒行動，便聽到一樓大門被擊開的聲音。

在狄念祖的指示下，石頭在牆上畫像底下開出一條細縫，讓他直接向外望。

只見大堂哥面如死灰，倚著牆站著。

羅進和李薔薇面面相覷，望著樓梯。

CH09 斐姊

喀、喀、喀、喀——

高跟鞋踏在階梯上的每一聲，都令大堂哥微微打個顫。

斐姊來到二樓，面無表情地盯著大堂哥。

斐姊的眞面目，比狄念祖想像中好上許多，她年紀約是四十歲，長相不算美艷，但是保養得宜，衣著打扮相當樸素，仍不減其渾然天成的高貴氣質。

唯獨一雙眼睛冷如冰霜。在此之前，狄念祖以爲只有夜叉才會擁有這樣的眼神。

「我妹妹呢？」斐姊連說話聲音都如同冰雪。

「她……」大堂哥一時間僅能吐出這個字，狄念祖隔著老遠，都能瞧出大堂哥的雙腿在顫抖。

「老闆娘還在袁唯先生的研究部門進行療養，上次事件，老闆娘傷得太重，老闆現在也還在休養中……」羅進這麼說。

「休養？」斐姊望了羅進一眼，她的目光讓羅進不由自主退了半步。「剛剛在底下，我隔著窗戶看見房裡還有一個人。是個女人。」

她話還沒說完，月光便走了出來，茫然望著斐姊。

「這就是……」斐姊面無表情地望著月光。「袁燁的下流計畫，生產出來的那些母豬之一？」

「……」大堂哥漲紅了臉，低著頭，不敢看月光一眼，羅進忍不住插嘴：「斐姊，不論如何，老闆是第五研究部的最高長官、是妳的上司，如果妳有事向他報告，應該事先向我預約時間……」

「嗯，向你預約時間。」斐姊嘴角閃過一絲詭譎冷笑。

羅進的腦袋已經誇張地偏向一邊。

他的頸骨被斐姊擰斷了。

「呀──」大堂哥和李薔薇駭然大驚。

斐姊接著將目光轉到了李薔薇臉上，說：「這小子死了，沒辦法向他預約了，妳呢？要向妳預約嗎？」

「不……不……」李薔薇連連後退，退向大堂哥，像是想要躲到他身後。

「喔。」斐姊嘿嘿一聲，身形一動，揚手向李薔薇頸子摸去。

被月光一把握住。

「爲什麼要這樣殺人呢？」月光不解地問。

「……」斐姊在瞬間的錯愕後，閃電般地賞了月光一耳光——啪！「母豬沒資格和我說話。」

月光被這記巴掌打得鬆開了手，向後退了一步，臉上浮現一片鮮明掌印。

「妳……」斐姊並不滿足於那一巴掌在月光臉上留下的痕跡，反倒像要將滿腔怒火爆發出來似地走向月光。

「公主——」米米尖叫一聲，撲向斐姊。

斐姊一手掐住米米的頸子，嘿嘿一笑，揚起另一隻手正準備向米米刺去，就在此時，離她側面十來公尺那面掛著畫作的牆炸了開來。

「公主不是母豬，妳才是母豬——」

糨糊、石頭、皮皮、小怒、湯圓憤怒殺出，數十條各式各樣的黏臂凶猛竄來。

「什麼——」斐姊像是料想不到那面牆竟是僞裝，被糨糊等暴怒甩來的黏臂擊中身上各處，向後飛撞在廊道末端的牆面上，將牆面撞得四分五裂，身子嵌在壁面之中。

「呃，你們！」月光見似乎也讓這突如其來的暴擊嚇著了，一時間不知所措。

「斐姊、斐姊！」一票隨從衝了上樓，東張西望，全往碎裂的壁面趕去，將斐姊拉了出來，關切地問著：「怎麼樣？」「妳有沒有事？」

「……」斐姊望了望自己的手和腳，檢視著被碎裂牆面刮破的衣袖褲管，露出微笑。「我們的實驗很成功。」

斐姊緩緩向前走了數步，與攔在月光身前的糨糊和石頭大眼瞪小眼，她雖然擁有怪異絕倫的速度和力量，但似乎從未和人打過架，一時間竟不知如何動手。

「臭婆娘，敢打我們公主！」糨糊可不給斐姊猶豫的機會，他再次朝斐姊甩出黏臂。

一個大影自樓梯處竄上二樓廊道，揮手格開糨糊的黏臂。

那是個高大的人形傢伙，一身青色體膚，雙肩處各紋著一隻展翅青鳥，雙眼周圍遍布黑色血管，濃重的殺氣自他雙眼中爆射而出。

「啊……啊啊……」大堂哥見了那傢伙，駭然大驚，雙腿一軟，幾乎要癱下，月光連忙扶住了他，拉著他連連向後退。

糨糊、石頭等，雖然亟欲替月光報那一耳光之仇，但他們也跟著月光後退。

所有人都感受到那青色傢伙的異樣殺氣。

「小……小狄……」傑克攀在狄念祖肩上不停哆嗦著。「這傢伙不好惹……」

「嗯。」狄念祖深深呼了口氣，微微彎下腰，只覺得那青色傢伙雙眼散發出的凶惡殺氣，似曾相識。

類似阿嘉，但猶勝阿嘉。

這是阿修羅完成品。

「『青背』，留下正男和那頭穿著黃色禮服的母豬。」斐姊冷冷地說。「其他殺光。」

「嗯……」青背應了一聲，將廊道地板踏得碎裂，轟隆隆地奔來。

「公主！」石頭化身成大斧，糨糊伸出數條黏臂，擺出應戰陣勢，但月光沒有拿起石頭斧，而是高聲呼喊——

「皮皮、米米！」

米米早已躍了起來，身子一旋，變成一柄斧頭。她的體型比石頭小了許多，因此這斧頭僅有一般戰斧大小；皮皮則化身圓盾，乖乖讓月光提著。

月光才剛擺好架式攔在大堂哥身前，那青背碩大的拳頭便已揮進糨糊腦袋中，再猛然抓出，一捏，張開手看了看，只是塊軟爛黏團，並不是腦子之類的器官。

「哇——」糨糊尖叫一聲，向後躍開，他的本體不在頭上，但仍然被這閃電般的一擊轟得劇痛難當，魂飛魄散。

「噫！」月光揮斧，在狹窄的廊道間，與青背展開惡戰。

青背受到斐姊的命令，試圖避開月光和大堂哥，殲滅其他人，但糨糊這些奇形怪狀的傢伙們，團團跟在月光屁股後頭跑，相較之下，更像是月光的兵器，也因此，青背將目標放在更後頭的李薔薇和狄念祖身上。

但月光不讓他過。

月光手上的米米斧，雖然不及石頭斧厚重，卻銳利許多，比起真實斧頭有過之而無不及，幾次揮擊，都深深劃過青背體膚，若不是他反應迅捷，便要被月光斬去胳臂，轉瞬之間，青背已血流滿身。

「吼——」青背接連被劃過幾斧，眼中殺氣更盛，喉頭咕咕噥噥像是在咒罵什麼，接著，轟隆一撞，撞進一旁書房壁面中；再從狄念祖左側壁面撞出，張著雙手，一手攔腰抱住李薔薇，一手掐住狄念祖的頸子，又撞進主臥室的牆面裡。

這組合小別墅，用的是輕建材，對阿修羅級別的青背來說，和紙糊的沒兩樣。

「小狄！」傑克緊緊扒著狄念祖身上披著的斗篷，只覺得天旋地轉，嚇得喵喵狂叫。

狄念祖被青背這突如其來的攻擊制住，只覺得頸部劇痛。他一手抓住青背胳臂、一手扳著青背拇指，卻止不住對方的推撞之力，青背按著他轟隆撞穿了主臥室中的牆面，壓著他直墜別墅外的小庭園。

月光摟著大堂哥，急急追入主臥房，向外躍去，糨糊等跟在月光身後，一個個向下跳。

砰——

青背掐著狄念祖的右手彎曲折斷，是狄念祖朝青背的手肘擊出了卡達砲。

「喝……」青背鬆開了狄念祖，背後月光躍來，一斧頭斬下，青背閃身避開，正要還擊，底下的狄念祖已經蹦起，一記左勾拳，勾在他的肚腹上，然後是一記右拳擊在他臉上，再接一記上左勾拳，斜斜劃過他的胸膛。

最後化出了巨大拳槍的右直拳，直直轟往青背胸膛。

千鈞一髮之際，青背以左手和斷骨右臂硬擋，但仍被擊飛好遠。落地時，雙手俱斷，卻仍站著。

月光摟著大堂哥，來到狄念祖身旁，只見幾名守備夜叉全倒在地上，附近站著幾個模樣和青背差不多的傢伙。

「小狄！阿修羅不只一隻呀——」傑克尖叫。

狄念祖見青背被他一拳轟得老遠，本來有些得意，但見他雖然雙手骨斷，但穩穩落地，像是沒受到致命傷害。聽傑克喊叫，見到庭院中另站著三隻阿修羅，不禁有些害怕。

青背低吼幾聲，微微伏低身子，雙肩隆隆凸起，接著竄出兩隻手臂，同時，脅下也是一陣隆動，也長出兩隻手臂。

「對、對對！」傑克害怕地嚷嚷叫著：「阿修羅有六隻手，很厲害的！」

「公主、公主！」糨糊在月光身旁大叫：「拿石頭、拿石頭，妳拿著這兩個笨蛋幹嘛？」

「你才笨蛋！」月光手上的米米斧聽糨糊那樣說，也立時回嘴。「我是公主的侍衛，你滾一邊去，公主我來保護……你怎麼變得會說話啦？」

「我本來就會說話，公主由我來保護——」糨糊憤慨跳著，揮動黏臂，自地上捲了些牆面碎片。

「快……快逃……這是阿修羅，妳只是提婆，打不贏他的！」大堂哥急急嚷著，但見除了青背，另有三隻阿修羅遠遠佇在庭院外圍，他驚駭喊著：「赤腹！白頭！黃鶺！你們……你們……退開、退開！」

那赤腹、白頭、黃鶺，和青背一樣隸屬第五研究部的阿修羅軍團，大堂哥雖然名義上算是第五研究部的最高層長官之一，但實際上研究部裡的強力軍團，幾乎只有大堂嫂與斐姊有權調動，此時儘管大堂哥喊啞了嗓子，那些阿修羅也毫無反應。

大堂哥轉頭，只見斐姊站在別墅二樓主臥室破洞處，居高臨下望著。

月光放下了大堂哥，見石頭仍維持大斧狀態，守在身邊，便試探地問：「你爲何這樣？你要當我的武器嗎？」

「對對對對對——」糨糊搶著回答：「公主，用我們，不要用他們，他們又醜又臭，跟飯一樣臭，我們好，用我們！」

「飯？」月光還無法會意糨糊那一長串話，但見前頭青背長出四臂，大步朝狄念祖走來，便將米米斧遞到左手，和皮皮同握在一手。皮皮雖然因爲培養箱失控而退化，但仍維持一定程度的侍衛本能，一見米米斧湊了過來，便自動變化，捲住月光左手、纏上胳臂，變成了一只類似拳套又似臂盾的護具。

月光右手抄起了石頭大斧。

「呀——」糨糊見月光終於拿起石頭，開心地尖叫起來，揚動著數條黏臂示威。湯圓、小怒、刺針也在侍衛本能的驅使下，在月光身前圍成一排。

「吼！」青背低呼一聲，朝狄念祖衝來。

狄念祖在上一場與聖美的戰鬥中，仗著袁唯對她下達了不出殺招的指示而擊敗她，但此時的青背，可是比聖美更強上一階的阿修羅，儘管被自己擊斷了雙臂，仍然不敢掉以輕心。

他在青背衝到面前時擊出卡達左刺拳，正中青背臉面。

但同時，他的腰也被青背揮來的右臂掃中，撲倒在地。

砰——青背大腳踏在狄念祖腦門旁四、五吋，是狄念祖情急之下閃開的。

青背正欲追擊，背後一陣呼嘯逼來。他轉身，是糨糊甩來了十數條揪著牆板、碎石的黏臂。

更後頭，是揮動大小雙斧的月光。

「吼！」青背揮動四臂，逼開那些黏臂，先是一手接住月光劈來的石頭重斧，又一手接住米米斧。

青背揚起脅下兩拳正要攻擊，只聽到砰砰幾聲槍響，他腰間中彈，尚未回神，下巴捱了月光一記膝擊。

石頭沒等月光下令，自個兒急急變身成一具大銬，反扣著青背左手腕，另一邊的米米見到石頭如此反應，也跟著變身成一具小銬，扣住青背右腕。

青背揮動脅下兩臂抱擊月光，月光已早一步高高躍起，頭下腳上翻到了青背身後，雙腳朝著他後腦重重一蹬，將青背蹬得單膝跪下。

「吼——」青背暴怒，肩上雙臂猛地一掙，將石頭銬拉得裂開，轉過身掄起左側兩拳要狂擊月光，阿修羅烈性遠勝羅刹、夜叉，服從性也較夜叉低了許多，憤怒之下，便再也不管斐姊剛才吩咐過要留下月光這樣的指示。

砰——

他的拳頭還沒擊中月光，便被狄念祖一記右卡達砲結結實實轟在左側身體上，身子騰空飛起，再被月光握著那米米手銬給拉了回來，轟隆甩在地上。

「石頭——鎚子！」月光高聲一喊，握著石頭的右手高高舉起，石頭也迅速依照吩咐變成一柄大鎚，且擅自作主地將鎚頭變得稍微尖些。

月光卻沒有揮下大鎚，而是呆愣愣地舉著石頭，再看看左手上的米米和皮皮，米米也變身成了一柄鎚子。

「石頭？米米？」月光皺起眉頭，像是頭突然疼了起來，只這一遲疑，雙腿便被青背揮手掃中，翻倒在地上。

但狄念祖已經來到了青背面前，一腳踹開他揮向月光的拳頭，再一拳轟在青背胸口上，這一記轟擊如同打樁機般，轟碎了青背更多肋骨，但阿修羅級的兵器遠強過先前狄念祖碰上的敵手，青背依舊未死，他低沉吼叫著，雙眼中的殺意一點也沒有減少，連同先前斷骨的雙臂，加上肩上、脅下六隻手臂緩緩舉起，像是要和狄念祖拚命的模樣。

狄念祖朝著青背胸腹踏了一腳，高高舉起右拳，上膛，瞄準了青背顏面，像是要給予他致命一擊。

「住手——」斐姊的聲音自小別墅二樓傳下。「那是卡達蝦基因，你是狄念祖？」

「唔！」狄念祖聽了斐姊喊他，儘管心驚，但仍然不敢大意，他這麼一記卡達砲迎面砸下，青背即便再凶悍，也要一命嗚呼了，但四周還有三隻阿修羅，若是一擁而上，他和月光絕無勝算，便躍開老遠，將月光也拉得遠些。

他朝著斐姊喊：「妳認得我？」

「你是狄國平的兒子，我見過你的照片，認得你的長相。我聽說你落在吉米手裡，正想要問他你的下落，沒想到能在這裡遇見你，眞是……」斐姊雙眼中閃爍著奇異的光彩，她說：「得來全不費工夫。」

「呃！」狄念祖起先聽斐姊喊出他爸爸的名字，又說認出自己長相，還以爲是與爸爸友好的舊識，但緊接著聽她那句「得來全不費工夫」，不禁叫苦，心想這話顯然不是與爸爸有交情的人會說出口的話。

「妳……妳找我有事？」狄念祖望了望佇在四周的阿修羅，再瞧瞧那自地上撐起，彎腰蹲著，一副還不認輸的青背，曉得與斐姊對話，實在好過一下子與數隻阿修羅同時戰鬥。「我不記得有得罪妳啊。」

「你沒有得罪我，但你父親狄國平幹過什麼好事，你心裡有數吧。」斐姊冷笑兩聲。

「我……」狄念祖攤了攤手，說：「我很久沒見過他了，他在外頭有女人，我根本不知道他在外頭搞什麼。」

「小狄，你怎麼這麼說……」還掛在狄念祖斗篷裡的傑克，暈頭轉向地爬上狄念祖的肩，聽狄念祖這麼說，立刻氣呼呼地想要反駁他，但被狄念祖狠狠瞪了一眼，總算回過神來，想起眼前的對手可是人見人怕的斐姊，加上好幾隻阿修羅，便不再與狄念祖爭辯，乖乖伏在他的肩上，動也不動。

「哦？」斐姊瞪大眼睛，仰頭大笑。「男人全都一個樣——」

她大笑了幾聲，望著狄念祖，問：「我記得你媽媽也是聖泉的員工，狄國平在外頭亂搞，你媽媽沒意見？」

「……」狄念祖默然一會兒，說：「她後來生了病，過世了，到死之前，我爸爸都沒來看她一眼。」

「哼哼……哼哼哼……」斐姊點點頭，冷峻的神情多了幾分五味雜陳和怒意，這讓狄念祖有些心驚，也不知道自己是否說錯了話。

「你想繼續打，還是坐下來好好談？」斐姊這麼說。

「當然是坐下來談！」狄念祖鬆了口氣，正欲收回拳槍大臂，又瞥見斐姊望著月光時那股怨怒，不由得補充一句：「如果妳不爲難我這些朋友的話。」

「朋友？」斐姊咦了一聲。「你認識正男？」

狄念祖望了大堂哥一眼，搖搖頭。「是這些朋友。」他邊說，邊指了指月光、糨糊和石頭，再指了指自己肩上的傑克。

「說得好——朋友。」傑克揮爪和狄念祖伸來的手指擊了掌。

「她？」斐姊皺了皺眉。「她不是正男的母豬嗎？哼哼……」

月光聽斐姊這麼說，搖了搖暈眩的腦袋，望了狄念祖一眼，再望望大堂哥，將石頭放下，摸了摸他的頭，說：「謝謝你。」

然後月光提著米米和皮皮，奔到大堂哥身前，凝神望著斐姊，就怕她突然動手。

「公主不記得我們了……」糨糊像是終於意識到月光在經過數次洗腦之後，心中的小侍衛已經變成米米和皮皮，而不再是自己與石頭了。

「……」狄念祖望著月光離去的身影，收回拳槍大臂，拍了拍糨糊和石頭的腦袋。

大堂哥倒是退開兩步，一見斐姊銳利的目光望向他，立時解釋：「這是阿燁……阿燁的計畫，我只是……只是……」

「我懶得聽你這些廢話。」斐姊冷冷地說：「我只想知道我妹妹在哪？」

「她……她還在阿唯的實驗室裡接受治療呢，那時……那時她傷得很重，阿唯調派最先進的人員醫治她，很快……很快就能康復了。」

「哼哼……」斐姊一雙眼睛在大堂哥和月光臉上游移，眼神中流露出濃濃的怨毒，不知在想些什麼。

「大姊——」一個喊聲遠遠傳來，一個年紀三十出頭的青年騎著重型機車，自奈落地牢與洗腦實驗室的方向呼嘯駛來，重型機車後頭，則奔著四頭似虎似豹的猛獸。

四頭猛獸之後，還跟著兩輛貨櫃車。

亮黑色的重型機車在小別墅前緩緩停下，身材高大的青年一躍下車，大步走過庭園，興致勃勃地打量四周情勢。他走到斐姊身邊，目不轉睛地盯著大堂哥和月光，哼哼地說：「好傢伙，說和我姊姊在袁唯那兒養病，原來在這裡藏著女人。」

「漢隆，找到吉米了嗎？」斐姊問。

「那個渾蛋，說起來好笑，大姊妳見了他，肯定要發脾氣了。」斐漢隆哈哈笑著說，接著轉身，朝著貨櫃車喊了起來：「這邊、這邊！快帶他們過來——」

貨櫃車櫃門開啓，一群黑衣男女，還有幾個夜叉，押著幾個模樣狼狽的傢伙往這兒走來。

「咦！」狄念祖望著那三個被押來的傢伙，不禁大感訝異。

那是趙水、吉米、袁燁。

趙水穿著研究員專屬白袍，一張臉蒙上死灰氣息。

吉米僅在腰間圍著一條毛巾，其餘什麼也沒穿，他的左小腿上猶自淌著鮮血，一拐一拐地被押往這兒。

袁燁的神情則像是被嚇傻了，穿著一身沾滿砂土血污的白色西裝，呆若木雞地跟著眾人走來。

「很好，全都到齊啦，進屋裡談吧。」斐姊望了望狄念祖和大堂哥，轉身往小別墅裡去。

「……」狄念祖和趙水、吉米和袁燁打了個照面，見袁燁狼狽模樣，知道袁唯與大堂哥串通，想要自斐姊家族奪權這計畫，想來是走漏了風聲，現在斐家趁著袁唯閉關轉殖「毗濕奴基因」期間展開突襲，不僅攻入奈落，連袁燁也被逮著，這簡直等同與袁唯開戰了。

狄念祖見居中指揮的斐漢隆目光精銳，東指西劃的右手背上有著醒目的紋路和構造異常的掌骨，顯然和斐姊、袁唯一樣，都接受了轉生儀式，在自己身上加諸了強大的生物兵器基因。

身後自貨櫃車上下來的一批成員，除了夜叉之外，還有幾個散發強大力量的阿修羅級別兵器，這等戰力，狄念祖自然完全不抱著逃跑的念頭，僅是簡單安撫著糨糊和石頭，吩咐傑克在屋外看著他們，自個兒和趙水、吉米、袁燁等走入屋內。

「母豬不必進來了，在外頭等候發落吧。」斐姊冷冷的語調自屋內響起。守著門口的兩隻夜叉揚起大手，將月光攔在門外。

「沒關係，我進去就行了。」大堂哥這麼說。

月光點點頭，轉身牽著米米和皮皮，來到屋外一角，靜靜站著。她提著皮皮，嘆著氣問：「皮皮生病了嗎？爲什麼變回前幾天的樣子了？米米也小了一點，之前你們每天都會長高一些的。」

「不……不是的，皮皮只是餓了，他……」米米試圖解釋，她生怕別人發覺他們已經變成失敗品，但想來想去，也想不出合理的藉口，哇地一聲哭了，抱著月光的大腿說：「公主，就算我們變成了這個樣子，妳還是讓我們當妳的侍衛，可以嗎？」

「當然可以啊，你們不論變成什麼樣子，永遠都是我的乖寶寶。」月光點點頭，突然聽見一陣啜泣聲，轉頭一看，是站在另一邊的糨糊，糨糊淚眼汪汪地不知道向石頭說些什麼，石頭只是垂頭喪氣地靜靜聽著。

小怒、刺針和湯圓本窩在糨糊和石頭身邊，他們見到月光望向自己，便也擁了過去，湊到了米米和皮皮身旁，圍著月光。

「等等，你們兩個不行去，我們是小狄幫的，這是你們公主吩咐過的事，別忘記啦。」傑克和石頭拉著糨糊，不讓他也跟上去。

CH10 審問

別墅裡，斐姊和斐漢隆坐在客廳沙發上，隔著一張小桌，與桌後站著的五人大眼瞪小眼。

「你怎麼也在這裡，你不是……逃走了嗎？」趙水睜大眼睛，瞪著狄念祖。「你究竟在搞什麼？」

「我……」狄念祖見事情發展至此，也懶得再編造理由，索性對著趙水做了個鬼臉，苦笑地說：「博士，本來我想帶月光一起走，誰知道斐姊大駕光臨。」

「嘖……」趙水雙眼中閃爍著怒火，像是對狄念祖擅自行動極度不滿，但在斐姊面前卻又難以發作。

「現在告訴我，袁唯到底想幹什麼？」斐姊接過一名隨從遞來的茶，喝了一口，見人人都站著不作聲，便隨口吩咐：「找些椅子給他們坐。」

幾個隨從立時自餐桌那兒提來四張椅子，放在眾人腳邊，狄念祖見只有四張椅子，而己方有五人，便一把推開吉米，搶過兩張椅子，一張推給趙水，一張自己坐下，他這動作倒不是伺候趙水，而是知道趙水仍將吉米當成上司，必然不敢搶位子坐，他就是不想讓吉米有椅子坐。

「你……」吉米被狄念祖擠到最左側，臉色難看，又不敢在斐姊面前發怒，只能低頭怒目瞪著狄念祖。

「你沒椅子，就蹲下吧，大家都坐著，你站著很礙眼你知道嗎？」狄念祖反手頂了吉米一肘，力道不大，卻也頂得吉米乾嘔連連。

斐姊望向吉米，留意到他這僅用浴巾裹著下身的裝扮，露出嫌惡的神情。「你這什麼樣子？」

「哈。」斐漢隆笑著插嘴，說：「我打開他車門時，他正和女人爽呢，被我的大貓咬著腳拖了出來，那浴巾還是我特地從他行李箱翻出來的，怕大姊妳看了發飆啊。」

斐姊揮了揮手，像是不想聽斐漢隆繼續描述細節，她瞪了吉米一眼：「你沒椅子，就跪著吧。」

「是……是……」吉米立時下跪，一句話也不吭。

「袁燁，你二哥到底想做什麼？」斐姊望向袁燁，冰冷地說：「當初說好，從你大哥手中奪下聖泉的主導權之後，股分我們三家平分，現在第五研究部兩位老人家過世了，你大哥沒消息、你父親也沒消息、我妹妹也沒消息，本來我這妹婿也應該沒有消息，但不知怎地，他在這裡和齷齪計畫的母豬卿卿我我，你那二哥一天到晚在電視上宣揚他的新世界理論？你這小弟，不擔心大哥、不擔心父親，只是忙著修復你的海洋公園，你和你二哥，到底在玩什麼把戲？」

「我……」袁燁嚥了口口水，搖搖頭。「我也不知道……」

「吉米。」斐姊也不向袁燁追問，轉頭盯視吉米。「我派出大批幫手進三號禁區幫你搶阿耆尼基因，你後來得手，帶回黑雨機構，我向你要人，你百般推托，表面上巴結我，骨子裡向著袁唯，好呀你……」

「不……不不不……」吉米連連搖頭，說：「小女孩還在黑雨機構裡，我照料得很好，把她養得白白胖胖，一點也沒怠慢。這次康諾博士襲擊的事件鬧得太大，袁唯老闆吩咐我守護好黑雨機構，說康諾隨時會攻進來，我是怕途中出了意外，我一直等著斐姊妳的電話呢……」

「這和我聽說的消息大不相同呀。」斐姊朝站在五人身後的一名隨從望了一眼，說：「沒收他一根手指。」

「哇！不、不要……」吉米聽斐姊這麼說，駭然大驚，連連搖手，但他的左手立時被那隨從抓住，捏住他小指，啪嚓拔了下來。

「捂住他的嘴，別讓他吵著我問話。」斐姊這麼說，那隨從立時張開大手，捂住了吉米的嘴巴。

吉米瞪大眼睛，捧著左手，全身猛抖，兩眼往上翻，大滴大滴的汗珠自額上滲出，發出「唔唔唔」的聲音。

狄念祖在一旁看了，拍手叫好，這五人之中，除了趙水曾以自己的肉身進行實驗以外，只有狄念祖受盡凌虐，吉米則算是這類凌虐刑求的加害人，光是在黑雨機構裡，便不知促成了多少殘酷實驗，此時酷刑加身，痛得魂飛魄散，讓狄念祖瞧得樂不可支。

吉米本是袁燁手下紅人，私下與第五研究部祕密往來，使用袁燁第四研究部裡的資源替第五研究部幹了不少事，且在第五研究部大力支援下，成爲黑雨機構最高負責人；卻在袁唯創世計畫之後，完全倒向袁唯，傾整個黑雨機構之力，全心替袁唯打造奈落兵器，切斷對第五研究部所有聯絡管道，以示對袁唯效忠，也難怪斐姊對他深惡痛絕。

「現在外頭那些怪物把十幾座城市鬧得一團亂，但是卻又亂中有序，各國軍隊和聖泉夜叉組成的聯合部隊主力追到哪裡，那些怪物都能早一步撤離，從不正面交鋒。」斐姊這麼說：「而我得到的消息是，袁唯早已逮到康諾，祕密囚禁著。這可妙了，反派頭子都逮著了，袁唯還一天到晚在電視上宣揚自己的理念，要大家投入他的旗下，起身對抗康諾，說來說去，他的敵人到底是誰？」

「他一人分飾二角啊，神也是他，鬼也是他。」狄念祖不等斐姊再問，便主動開口，他知道袁家叔伯輩與袁家三兄弟之間的明爭暗鬥，此時斐姊帶著如此盛大戰力直闖奈落，綁架袁燁、逮著吉米，顯然要攤牌開戰了。

「哦？」斐姊聽狄念祖搭腔，便望向他。「狄國平的兒子，你和這些事情又有什麼關係？你還知道些什麼？」

「我的事情說來話長，簡單來說，就是倒楣透頂！」狄念祖將自己莫名其妙被注入長生基因、四處奔波，最後在黑雨機構當中身陷袁唯陷阱，被送往這兒的經過簡單敘述一遍，當中華江賓館、月光的事、寧靜基地等他覺得不該透露的情報，自然有所保留。

「什麼康諾襲擊，根本是袁唯自導自演。那個神經病想當神，需要一群反派角色，把我抓來這裡改造成怪物，要我替他殺人，然後他才親自出馬制伏我，讓大家看他有多威風；他稱這裡為『奈落』，指的是地獄，他要我當『奈落王』，來凸顯他那什麼大梵天的厲害，他要全世界的人都當他是神，膜拜他、景仰他。」狄念祖不屑地說，還探出頭，對袁燁說：「嗨，大明星，我常在電視上看見你，我不得不說，你二哥他心理變態啊。」

袁燁本便是紈褲子弟，以往順遂時，瀟灑從容、威風十足，但此時一下子身陷險境，早已嚇得六神無主，對狄念祖的嘲諷毫無反應。

「嗯……」斐姊聽狄念祖一口氣說完，點點頭。「確實很像袁唯會做的事，我們第五研究部曾經計畫取得幾個國家的實質政權，袁唯倒是搶先一步想要統治全人類啦。」

斐姊說完，視線掃過五人，說：「我要聽的，是像狄念祖這樣簡單直接，且真實的答案，而不是拐彎抹角的謊言。你們五個人，十隻手、十隻腳，有幾根指頭，自己算算吧。」

「很顯然，袁唯的『新世界』，並沒有我們第五研究部——應該說沒有我們斐家的份囉，也就是說，斐家遲早會變成他神威之下的祭品就是了。」斐姊這麼說時，望向大堂哥。「正男，我再給你一次機會，你最好誠實回答，我的妹妹現在到底在哪裡……」

「她……」大堂哥口唇發白，望了吉米那缺了小指的左手一眼，喃喃地說：「斐姊，我絕不騙妳，她眞的……在袁唯的實驗室裡，他是這樣對我說的，海洋公園那次事情是他策劃的沒錯，我們……我們本來打算藉這個機會……讓我……」

「讓你成爲第五研究部的頭頭。」斐姊冷笑幾聲：「這誰都知道，我只想知道我妹妹現在是活著，還是死了？」

「活著，她眞的還活著……」大堂哥拍著胸脯說：「袁唯本來只說，要假借康諾的名義軟禁斐霏、我，還有我父親、叔叔一段時間，袁唯安排我趁機逃出，之後在他的幫助下，打著斐霏的名義接收第五研究部……或是至少讓我和斐家平起平坐，我只是想當個眞正的老闆，我……我也是個男人，我有我的計畫，我完全沒有傷害斐霏的意思……」

大堂哥說到這裡，頓了頓，繼續說：「但袁唯……袁唯一開始對我說的，和他現在做的完全不一樣，我根本不知道他會搞成這樣，殺那麼多人，他根本……他根本瘋了……連我父親、叔叔都死在那場意外中……或許，根本就是他殺的……」

「眞正的男人？」斐姊哈哈大笑，說：「你連你父親因爲袁唯而死，都不敢質疑他，躲在這裡和母豬鬼混，這就是眞正的男人？」

「我……」大堂哥臉色難看，低下頭，喃喃地說：「我沒有力量……從以前到現在，我的地位被你們斐家架空，我身邊沒有人，我不曉得怎麼反抗他，就像我無法反抗你們斐家……」

「說到頭來，你倒是怪起我們斐家了？」斐姊不屑說著：「你家本來是搞餐飲的，你和你父親懂生物科技嗎？你們是做這塊事業的料嗎？我們斐家幹的是軍火生意，斐家人會打仗的，要不是我們斐家在第五研究部裡操盤，你父親和你叔叔那兩個老頭，憑著那一丁點股分，有本事讓聖泉第五研究部有今日的規模？」

大堂哥聽斐姊這麼說，也無力反駁，他的個性雖然不像袁燁那樣外放貪玩，卻也是養尊處優，他在自家經營的餐廳認識他的妻子斐霏，那時他可不知道斐霏是東南亞軍火大亨的女兒。

結婚之初，大堂哥只覺得斐霏精明能幹，一個女人可抵得上高薪聘僱的智囊團，這讓僅佔聖泉集團少許股分的第五研究部逐漸壯大，相繼發表了不少研究成果，因此當斐霏大力起用自家人進入聖泉時，大堂哥也未反對，反而因爲自己領導的第五研究部茁壯而感到開心不已。

但隨著斐家人大舉入主第五研究部，大堂哥對於實質決策權一點一滴被剝奪，逐漸感到不安和困惑，且善妒的斐霏嚴密監控他在外一切行動，隔絕他所有接觸女性的機會。

他的父親和叔叔根本不懂生技產業，且早已到了退休年齡，在第五研究部只是掛個高層頭銜，斐家人對兩位老人一向禮遇有加，因此雖然他們仍視斐家爲外人，卻也未多加干涉，這才使得大堂哥覺得自己孤立無援，轉而向袁唯靠攏。

斐姊轉頭向弟弟斐漢隆說：「你們看，是不是，早提醒過兩個老頭袁唯不能信，他們兩個自以爲是袁家人，誰知道袁唯根本不把他們當自己人。那個袁唯心裡在想什麼，看他眼神就知道，他太驕傲了，連掩飾都覺得多餘。」

「是啊，大姊，還好我們早有準備，不如這樣——」斐漢隆這麼說：「早打晚打，都是要打，既然要打，當然攻其不備，我們趁袁唯閉關，直接殺去他老巢，救姊姊出來！」

「漢隆，別那麼急躁，我們要穩紮穩打。」斐姊搖搖頭。

「大姊！」斐漢隆繼續鼓吹：「那個袁唯有南極的杜恩在背後撐腰，第三研究部的生物兵器技術一直領先我們，他轉殖在自己身上的『梵天基因』據說比現有的破壞神級兵器還要厲害，我們第五研究部全球庫存的破壞神還不到二十隻，他們所有研究部加起來有超過五十隻。要是不把握時機，勝算就降低許多啦！」

「不。」斐姊這麼說：「袁唯六親不認，只認他的爸爸、哥哥和弟弟，我們手中有袁燁，不怕他對斐霏亂來，我們接收了黑雨機構，又攻下這裡，需要時間整備，現在阿耆尼基因到手，只要一段時間，我們就會超越袁唯。」

「哼……」斐漢隆扠著手，似乎不同意斐姊的結論，但也不再多言。

「好了。」斐姊問：「這個地方的負責人是誰？」

「是我。」趙水聽斐姊這麼問，只好答話。

「你？我不認識你，我以爲是吳高。」斐姊這麼說。

「吳博士……」趙水遲疑了幾秒，硬著頭皮答：「林博士、王博士、孫博士，昨天都死了。」

「死了？」斐姊咦了一聲，問：「怎麼死的？」

「他們和我有舊仇，我和狄念祖聯手除去了他們。」趙水兩眼發直，似乎決定孤注一擲。

「喲，我這可沒料到。」斐姊啞然失笑，說：「我不想多廢話，現在開始，這裡歸我斐家了，你可以選擇幫我做事，也可以選擇死。」

「我在吳博士底下被欺壓了很多年，這次是爲了自保才計畫殺他，如果斐姊賞識我……」趙水快速地說，像是早已盤算了各種情形，包括被處決的可能性。他知道斐姊心狠手辣，現在聽斐姊給他機會，想也不想地說：「趙水願意效忠第五研究部。」

「吉米也願意效忠斐姊，赴湯蹈火、在所不辭！」吉米聽趙水那樣說，也跟著磕起了頭。「黑雨機構本來規劃在這兩天就要移師奈落，有我幫忙管理那些員工和兵器，斐姊如虎添翼！」

「很好。」斐姊點點頭，站起身，對斐漢隆說：「這兩天好好和趙水、吉米聊聊，這個地方就交給你打理，沒問題吧？」

「大姊，那妳呢？」斐漢隆這麼問。

「我來之前，接到小弟的電話，我們已經掌握了康諾被囚禁的地點。」斐姊露出微笑：「我得過去和他商量。」

「什麼！」包括狄念祖在內，聽到斐姊這麼說，都大感訝異。

「大姊，我陪你去。」斐漢隆這麼說。

「你得留在這裡，不然誰能替代我坐鎮這裡？」斐姊答。

「哼……」斐漢隆有些不甘願，卻也無法反對斐姊的說法。

斐姊指了指趙水和吉米，說：「你們兩個留在這裡，好好幫漢隆，不用擔心袁唯，他是搞宗教的，讀經到發瘋了。我們斐家是搞戰爭起家的，你們最好明白這一點。」

「是！」「吉米……吉米絕不會讓斐姊失望！」吉米和趙水同聲應答。

「很好。」斐姊跟著望向狄念祖。「你呢？」

「我？」狄念祖攤攤手，答：「我的身體被袁唯搞得亂七八糟，活不久了，我能幫妳什麼忙？」

「這問題倒得花點時間解釋。」斐姊這麼說：「你得跟我走一趟第五研究室本部，我要請你幫忙。」

「嗯……」狄念祖低頭想了想，知道此時情勢，自己絕無拒絕的條件，便答：「我的答案和剛剛一樣，如果你不爲難我朋友，將我們當作人來看待，我很願意替妳效勞，我和袁唯也有深仇大恨，我很樂意替妳對付他。」

「好。」斐姊答應狄念祖的要求，跟著望了門外的月光一眼。「也包括她？」

「是的。」狄念祖這麼說：「她和她身邊那些小東西都是實驗室裡的失敗品，本來和我們站在同一陣線與袁唯作戰，但是打了敗仗變成俘虜，被送來奈落。如妳所見，我被搞成了大螃蟹，她被洗腦，被當成袁唯籠絡袁正男的貢品，我們很樂意伺候妳，但請妳別爲難我們。」

「喲？」斐姊見狄念祖這話講得頗爲誠摯，不禁冷笑地說：「你這樣子，是對她有意思吧，我先告訴你，袁燁這齷齪計畫裡的產物都不是人，是母狗、是母豬，在製造過程就已經註定要終生效忠她們的男人，你不是她的男人，她不會理你的。」

「……」狄念祖靜默半晌，說：「齷齪的是製造她們的人，但她毫無選擇的餘地，至少我願意……盡我所能，維護她自由思考的權利，最終她如何決定，那不是我能干涉的。」

「哈哈！」斐姊瞪大眼睛，哈哈笑著說：「眞是痴心，眞是好笑，好，我倒想看看你這種男人碰上她那種母豬，最後是什麼樣的結果。」

「太稀奇了，太有趣了！」斐姊一面笑，一面走出小別墅。

狄念祖等俘虜五人，你看看我、我看看你，只覺得氣氛是說不出的尷尬難受，狄念祖恨不得一拳斃了之前日也恨、夜也恨的吉米和袁燁，但此時吉米歸順斐姊，袁燁是重要俘虜……他動動嘴唇，想說些嘲諷的話，但心中感觸良多，一時間也沒了興致，想起月光、傑克、石頭與糨糊都還在外頭，便趕緊跟了出去。

CH11 第五研究室本部

偌大的研究室，位在這處園區內一棟高聳建築物的第十七層樓。

研究室裡擺放著密密麻麻、尺寸不一的電腦螢幕。

數十名工作人員緊盯著螢幕，有的咬筆沉思，有的熱烈交談，像是亟欲破解一道難題。

狄念祖在走進這間研究室、見到螢幕畫面是狄國平寫的「火犬獵人」時，心下一驚，但他隨即醒悟，康諾已落在袁唯手上，位於國外的工作室或許早已被攻陷，這些機密檔案自然流入了聖泉手中。

「你要我幫忙破解這個爛遊戲？」狄念祖轉頭，望著斐姊。

「是。」斐姊點點頭，說：「這個遊戲聽說是你父親狄國平寫的，藏著一串解壓縮密碼，能解開一個加密檔案。」

「我不懂。」狄念祖聳聳肩。「據我所知，那個加密檔案是聖泉內部一些研究資料，你們應該能夠輕易取得，爲什麼要大費周章破解它呢？」

「聖泉每個部門掌握的機密資料各不相同，我們第五研究部與其他研究部之間的關係有如競爭對手，你爸爸這些資料，大多是從第一、第二、第三研究部竊取出來的資料，對我們來說很有利用價值。」斐姊身旁，一名戴著眼鏡的短髮女祕書這麼說，斐姊顯然極爲重用她，並不阻止她代替自己回答。

「你多久可以破解這個遊戲？」斐姊問。

「不瞞妳說，我之前便摸過這個遊戲了。」狄念祖回答。「但那時我毫無頭緒，一直到最近，又有了一些新的想法，我覺得或許會成功，但我不敢保證多久。」

「好。」斐姊點點頭，指了指那女祕書，對狄念祖說：「溫妮會替你安排一切，你有什麼需要就告訴她，我先失陪了。」

狄念祖知道斐姊要與她小弟斐少強研究如何突襲囚禁著康諾博士的祕密基地，便簡單向斐姊道別。

「我需要一個房間，我不習慣與這麼多人一起玩遊戲。然後……房裡至少要有三台桌上型電腦、筆電和智慧型手機各一，如果有平板電腦更好，嗯……」狄念祖說到這裡，望了望自己的怪異打扮──一件大斗篷，身上綁了數條浴巾。「我需要一些正常的衣服。」

「這些都不是問題。」溫妮推了推眼鏡，說：「不過得和你說清楚，其實我們事先調查過你，知道你的長處，提供給你的電腦無法連接網路，就連筆電和手機，也都是特別爲你客製化的機器，沒有無線網路功能。」

「什麼！」狄念祖不禁訝異，且有些心虛地乾笑兩聲說：「幹嘛？怕我駭你們？」

「對。」溫妮大方承認，嘿嘿一笑。

「嗯，那我如果需要一些工具程式，怎麼辦呢？」

「提供給你的電腦裡其實已有大部分的工具程式了，是我精心篩選的，如果你需要平常慣用而電腦裡又沒有的程式，直接和我說，我可以當著你面下載，再燒錄成光碟給你。」溫妮自胸前口袋捏出一張名片，遞給狄念祖。「其實我也懂得一些駭客技術，整個第五研究部門的資安系統，是我設計的。」

「哦——」狄念祖有些訝異，不敢相信眼前這看來年紀比自己小上幾歲的溫妮，竟負責整個第五研究部的資安系統。他打著哈哈說：「如果我們的身分調換，我倒是很樂意提供妳完整的網路服務，畢竟我對自己設計的系統有百分之百的信心。」

「我相信你說的話。」溫妮微笑回答。「你爸爸狄國平曾經指點過我，也算是我的老師，我很佩服、也很尊敬他，更相信他兒子的能力，我想不出攔阻你的方法，所以只好切斷你的網路。房間已經準備好了，我帶你去看看。」

「好。」狄念祖見溫妮毫不受激，知道多說無益，便也不再多言，默默跟在她身後，一面回想著路途上與斐姊的交談內容。

斐家這次全員出動，一擊得逞，靠的是有如特務般的情搜和媲美軍事行動的突擊戰術，他們計畫綁架袁燁已久，早已摸透他的行程，得知今日吉米和袁燁約定前往奈落，吉米親自運送黑雨機構的先遣人員入主奈落，袁燁則想和吳高等人聊聊新一批的女奴計畫，那時他還不知道吳高等人早已於趙水和狄念祖策劃的脫逃計畫中喪命。

斐家兵分二路，趁著吉米車隊離開前往奈落時，幾乎不費吹灰之力便攻陷了黑雨機構，同時，斐姊、斐漢隆在內的另一批人馬則暗中跟監吉米，在他進入奈落時發動伏擊，擄獲吉米和袁燁。

和沉迷宗教事業、想到什麼就做什麼的袁唯比起來，斐家無論是經營布局還是策略行動，更接近「作戰」，儘管斐家在資源、人力、錢財上都遠遜於現在由袁唯主導的聖泉本家，但一旦當真攤牌惡鬥起來，斐家未必會輸。

這讓狄念祖有如看見了一絲曙光。

聖泉勢可敵國，甚至於早已透過袁唯旗下的私人教徒組織「神之音」，控制了各國高層官員，就連唯一的反對力量康諾博士也在不久前落入袁唯手中，整個世界幾乎可說已納入他的口袋中，像是一組拆封了的玩具，等著他與弟弟袁煒開始享用。

但是一旦多了個斐家這般強悍的對頭，那醉心打造神話王國的袁唯，就不可能這麼稱心如意了，如此一來，本來毫無希望的世界，似乎能夠在袁唯與斐家的對抗中，產生新的轉機。

「老實說，我受夠袁唯了。」狄念祖突然開口。

走在狄念祖前方的溫妮停下腳步，回過頭來，望了他一眼，像是不明白他突然這麼說的意思。

「不管妳信不信，總之我話說在前頭，其實你們大可不必這麼防備我。」狄念祖攤了攤手，說：「袁唯把我搞得人不像人、鬼不像鬼，我落在他手上，最後的結果就是死得慘兮兮。現在終於離開奈落那個鬼地方，我高興得不得了，完全沒有理由在這裡作怪。」

「我絕對樂意幫你們斐家打垮袁唯。」狄念祖這麼說，又補充：「那個人瘋了，他想打造一個只有他們袁家才有資格發號施令的天庭，袁家以外的人都是他們的奴隸，妳說，這變不變態？」

「是很變態沒錯。」溫妮點頭搭腔，指了指前頭，又繼續向前走。

狄念祖知道溫妮的身分除了第五研究部的資安顧問之外，也身兼斐姊私人祕書，她的意見或許能夠間接影響斐姊，心想自己逮著機會就要搧風點火、見縫插針一番，讓斐家和袁唯鬧得越凶越好。

「還有，我和袁唯打過架，那一次我被他打得慘兮兮，但我應該是目前爲止，唯一親眼見過他身上『梵天』之力的人。若是你們需要這方面的意見或是經驗，我非常樂意提供。」狄念祖拍著胸脯保證，接著抓抓頭，想起什麼，拍了拍脖子上的電擊器，說：「對了，能不能替我摘除脖子上這東西，現在不在奈落，這東西有點多餘，會妨礙我工作進度。」

「不算多餘喔。」溫妮回頭，笑著說：「那種電擊器我們也有生產，只要將控制器頻率調整一下，在你身上也能起作用的，但我們現在是合作關係，不會那樣對你，你大可放心。如果進度順利，我會建議斐姊替你動個小手術，讓你自由。」

「哦，原來如此。」狄念祖苦笑了笑，攤著手說：「我把自己抬得太高了，我仍然只是個受制於人的俘虜。」

「看你怎麼想囉。」溫妮也不多表示，只是靜靜帶著狄念祖乘坐電梯，抵達十六樓一間個人辦公室。那辦公室約有六坪大小，裡頭設備齊全，有整面書櫃、寬大的辦公桌椅、沙發和矮桌，甚至有電視機和小冰箱，在一般公司行號之中，只有大公司的高級主管，才能享有這樣的個人辦公室。

「這該不會是哪個人臨時讓出來給我的房間吧？」狄念祖這麼問。

「是的。」溫妮點點頭，指指自己。「那個人就是我。」

「難怪。」狄念祖走到書櫃前，只見書櫃上陳列不少言情小說，他走到大辦公桌前坐下，望著桌上那台筆電，便將之打開，果然見到「火犬獵人」的遊戲程式就擺在桌面正中央。

「你要的桌機和手機，立刻就會幫你準備好。」溫妮這麼說：「你可以洗個澡，我帶你看看你休息時的地方，你的朋友也會在那裡。」

「妳是斐姊的祕書，那麼斐姊的辦公室也在這附近嗎？」狄念祖隨口問。

「不，斐姊平常都在四樓辦公，她極爲注重工作效率，不喜歡浪費時間搭電梯。她有許多祕書，替她控管各個部門，十六、十七樓，就是由我負責。」溫妮這麼說。

「看不出來妳這麼能幹呢。」狄念祖點點頭，敷衍回答，走到一扇窗邊，拉開窗簾，只見到層層疊疊的嶙峋山峰，這是南投的火炎山。

第五研究本部就位在火炎山東側山腳下，背山面水，園區有著比奈落更加高聳的圍牆，猶如一座牢不可破的堅城。這個地方在三年前建成，由斐姊與妹妹斐霏一手主導，將第五研究本部從與袁唯、袁燁鄰近的台北，遷至這易守難攻的地點。

這園區與其說是研究室，實際上更接近軍事基地，除了大批的生物兵器，還有斐家聘僱的一支特種傭兵部隊在此駐紮，園區內除了一批武裝裝甲車和戰鬥直升機之外，甚至設有反飛彈系統和堅實的地下碉堡——這個園區基本上便是以「袁家聯合政府軍隊對第五研究部發動攻擊」的假想情況之下所建構出來的武裝基地。

「那麼，你們打算怎麼安排我的朋友們？」狄念祖這麼說。

「你的朋友，應該不包括袁正男吧？」溫妮問。

「當然不，他可不是我的朋友。」狄念祖哼哼地說。

「那好。」溫妮領著狄念祖走出辦公室，帶著他下樓，一面說：「本來，我們已經在實驗室準備好了專屬的『招待室』來招待你那位『朋友』，但既然我們現在是合作關係，你的朋友就是我們的朋友，斐姊特別網開一面，招待她住進我們的會客套房。當然，一定程度上的自由限制，仍然是必要的，希望你不會介意。」

「嗯。」狄念祖表面平靜，心中卻想起傑克對他說過，大堂哥的妻子斐霏曾將大堂哥包養的酒家女綁進實驗室中，在大堂哥面前將之改造成恐怖怪物，此時溫妮口中那本來準備好了的「專屬招待室」，想必是用來對月光加諸酷刑的恐怖囚室。

「那……袁正男被關在哪呢？」狄念祖忍不住問。

「他現在被安排在『他家』，那是我們第五研究本部園區一處小型社區，半年前才完工，最近剛裝潢完畢，只供我們內部高層親友居住，本來要當作斐霏姊和袁正男的新家，也是整個社區裡景觀視野最好的一戶。不過，現在啊，哼哼……斐姊希望他在裡頭反省，等著斐霏姊平安回來；若她不能平安回來，我們會讓袁正男從他那美麗的新家搬到我們的招待室裡……嘿嘿，到時候就有得他受了。噢，不，我不能這麼期待，這樣好像是我在詛咒斐霏姊一樣。我倒是希望她平安回來，親自判決袁正男下半輩子的結果，嘿嘿，早就警告過他了，狗改不了吃屎。」溫妮這麼說，本來有著超齡穩重感的她，一提到大堂哥，像是換了個人似地一臉不屑，且語氣相當情緒化。

狄念祖默不作聲，不知怎地，他竟有些同情大堂哥的處境，心想這個男人雖然名義上擁有富可敵國的超級部門，但實際上無權無勢，老婆強悍至極，與老婆同一鼻孔出氣的大姨更是形同魔神，且這姊妹底下一批心腹都對斐家赤膽忠肝，完全不把他這名義上的老闆放在眼裡，狄念祖難以想像大堂哥在這樣的環境中是如何熬過來的。

整層十六樓似乎是行政部門，幾個區塊隔成不同的辦公空間，溫妮帶著狄念祖通過一扇自動門，自動門後是一條廊道，這兒的布置與外頭簡素的辦公空間有些不同，鋪設著豪華地毯，牆壁上也掛著畫作，看來更像是高級飯店的內部裝潢。

他們在一扇門前停下，門外站著一個眼神冷峻的高大傢伙，那傢伙一見到狄念祖，眼神便露出凶惡殺意。

「別擔心，他是『白頭』，負責看守你的朋友。」溫妮打了個哈哈。「畢竟她是提婆級別的兵器嘛。」

狄念祖對白頭有些印象，他是數小時前，在奈落圍著他的幾隻阿修羅其中之一。

溫妮在門上敲了三下，然後打開。狄念祖向裡頭望去，只見月光幽幽地坐在一張沙發上，米米、糨糊、石頭等七個小侍衛在月光身邊圍成了一圈，氣氛凝重；月光的雙眼微微發紅，一副泫然欲泣的模樣。傑克則像是隻溫馴的家貓般靜靜伏在月光大腿上。

月光見狄念祖進來，也無反應，只是望著溫妮：「你們把王子怎麼了？」

溫妮冷冷地瞥了月光一眼，像是完全無視她，只是指著四周，對狄念祖說：「怎樣，我們招待你朋友的環境不錯吧。至少，比原本的『招待所』，好一萬倍以上喔。」

「嗯……是不錯……」狄念祖點點頭，只見這套房內部雖無隔間，但竟有近十坪大，且裝潢雅緻，所有家電、家具全是最頂級的設備。這條廊道中的房間，是第五研究部用以招待外國重要幹部的專用套房。

「飯，你們把王子怎麼了？」月光站了起來，傑克也順勢跳下地，有些心虛地走到一旁，望著他處。

「我……」狄念祖先是一愣，接著攤攤手，苦笑著說：「妳的王子現在在他家裡，等著老婆回家呢。」

「那為什麼他們說要對王子不利呢？」月光急急地問：「我不能信任這些人，讓我見王子一面，我想確定他是安全的。」

「這恐怕有困難啊……」狄念祖無奈地搖搖頭，沿路車程中，斐家人在月光面前說了不少調侃大堂哥的閒話，有人惡狠狠地講了些刑求招數，說若是斐霏回不來，就要拿大堂哥開刀，就當是向袁唯開戰的祭旗品。

「飯……那個時候，你爲什麼說王子不是你的朋友？爲什麼不讓他和我們一起呢？」月光怨懟地問。

「那個時候？」狄念祖呆了呆，接著猛然醒悟，月光指的是在奈落小別墅外大戰後，他對斐姊提出希望能善待自己朋友的要求，當時他將大堂哥排除在月光、傑克、石頭、糨糊之外。

「他確實不是我的朋友啊。」狄念祖苦笑解釋：「我和他一點也不熟，嚴格來說，他是站在我的敵人那一邊。」

「這麼說來……」月光搖搖頭，說：「我也算是你的敵人，你爲何要說我是你朋友呢？我……我無法和企圖傷害王子的人當朋友……」

「……」狄念祖靜默半晌，說：「無論如何，妳必須乖乖待在這裡，唯有如此，妳才不會受到傷害。我可以保證妳的王子安全無虞，但如果妳輕舉妄動，他們會對妳的王子作出什麼事，那就很難說了。」

「我知道。」月光垂下頭，嘆了口氣，說：「飯，或許我們以前當過朋友。但現在開始，我們不是朋友了，我只是你們的俘虜，你不用假意親近我，我不曉得你還會對我說什麼謊話，我不相信不誠實的人。」

「好。」狄念祖點點頭，轉身向溫妮攤了攤手，說：「這裡環境還不錯，住起來應該很舒服。如果可以的話，拍幾張大堂哥安全無虞的照片讓她看看，她乖乖的、安安靜靜，我少了些顧慮，工作起來效率更好，對你們也有好處。」

「我考慮看看。」溫妮笑了笑。

「走吧。」狄念祖向傑克、糨糊和石頭招了招手。「我們回自己房間。」

石頭和糨糊卻不動聲色，石頭歪斜著頭，眼神茫然，看看月光，又看看狄念祖，像是不明白爲何兩人突然鬧翻，糨糊則氣鼓鼓地嘟起嘴巴，揚起黏臂，一副想要甩出鞭打狄念祖的神情，卻被月光伸手按住。

「糨糊，別動手，他們會對王子不利。」月光這麼說。

「哼……」糨糊瞪著眼睛，對狄念祖說：「飯，你是壞人！」

「……」狄念祖雖感到莫名其妙，但心想這些小侍衛心中第一順位是他們的公主，接下來是王子，此時他們見王子受擄，心向王子，見敵人和自己成了同夥，於是反目相向，這也莫可奈何。狄念祖不願與糨糊徒費脣舌，轉身就走。

溫妮關上了門，領著狄念祖往廊道深處繼續走去。

「小狄……」傑克豎著尾巴，在溫妮關上房門之前默默跟了出來，在狄念祖小腿上蹭了蹭。

「我還以爲你找到新主人了呢。」狄念祖冷笑兩聲。

「小狄，你別和月光小姐計較，她剛被洗腦，這些天就只待在那小木屋裡，等同是初出培養箱的孩子，心目中只有她的王子……會覺得你騙了她，也很正常吶……」傑克急急說著。

「我騙她？」狄念祖搖搖頭。「我騙她什麼了？」

「這……」傑克支吾半晌，顧左右而言他。「或許你讓她覺得……你想要橫刀奪愛，才這樣做的……」

「橫刀奪愛？這樣做？我做了什麼？」狄念祖本來強忍的怒氣，此時忍不住爆發，說道：「我是爲了救她才留在奈落，否則現在應該和酒老頭他們一起逍遙自在，悠哉度過我所剩無幾的人生，而不是從一個地方換到另一個地方繼續被奴役……等等！」

狄念祖停下腳步，望著傑克，說：「是不是你對她說了什麼？」

「沒啊，我什麼也沒說……」傑克像人似地站了起來，攤著爪子說：「我只是……」

「等等，兩位。」溫妮打了岔，打開一扇房門，對狄念祖說：「這是你的房間。」

「哇，讓我看看喵嗚——」傑克不等狄念祖反應，便自顧自地溜進那房間，嚷嚷叫著：「好棒的房間吶，哇喔，好舒服的枕頭和被子，我在趙水的臭實驗室和地牢裡過了那麼久，終於有床鋪可以躺啦！」

「傑克……」狄念祖也進了房，想要問個清楚，卻被溫妮拉住，說：「你可以明天再開始工作，今天有很多時間和你的貓說話，先讓我把事情交代完。」

「好。」狄念祖點點頭，扠著腰望著溫妮。

「首先，門旁的通話設備，是唯一的對外通訊設備。」溫妮這麼說。

狄念祖這才開始打量四周，只見這房間比月光那套房更大一些，且隔成客廳、臥房和更衣室，但物品擺設卻豐富許多，像是有人居住一般。

「這扇門，你開開看。」溫妮帶著狄念祖來到更衣室中，揭開一扇衣櫃門，裡頭還有一扇暗門。

狄念祖望著那暗門，想起許久之前被水頭陀與傑克帶往寧靜基地，那棟外觀不起眼的中古華廈大樓裡，也有諸多類似的暗道構造──他一想起寧靜基地，便想起林勝舟、田綾香等人，想起了他們，又想起皮蛋和自己的工作室、學校同學、左鄰右舍，以及樓下的阿水伯。

他還記得曾經答應阿水伯，要替他的外孫女檢查電腦。

袁唯發動創世計畫至今已有數十天，在那些白日羅剎的肆虐之下，外界或許早已人事全非。

「妳有家人嗎？」狄念祖突然回頭，這麼問溫妮。

「斐姊就是我的家人，斐家上下都是我的家人。」溫妮像是有些意外狄念祖會這麼問她，但她回答得毫不遲疑，就像是早已烙印在腦海裡的標準答案。

「啊！」狄念祖有所醒悟。「妳也是新物種？」

「是。」溫妮點點頭，指著那暗門。「你不進去看看？我以爲你的好奇心十分旺盛。」

狄念祖走進衣櫃，推開暗門，裡頭是一座迷你電梯，上頭只有十六、十七兩層樓的按鍵可供選擇。

那電梯僅能供兩人共乘，狄念祖正猶豫該不該操作電梯時，溫妮也擠了進來，熟練地按下關門與上樓鍵。

狄念祖有些不自在，他這時才仔細打量了溫妮，溫妮個頭和月光一樣嬌小，容貌雖然不及月光美麗，但細腰豐乳，身材比月光惹火許多，此時她穿著白色襯衫和灰色窄裙，戴著銀絲眼鏡，一副專業祕書的模樣。

狄念祖還來不及多想，電梯便已停下，門打開，又是一間狹小密室。

溫妮走出電梯，將密門推開，外頭便是剛才狄念祖參觀過的個人辦公室。

「哦——」狄念祖有些詫異，跟了出來，突然想到什麼，說：「所以，底下的房間也是妳的房間？現在讓給我用？那妳睡哪？」

「我可以連續很多天不睡覺，不過這不是重點。」溫妮嘿嘿一笑。「雖然說來者是客，但這個地方畢竟是機密重地，我沒辦法讓你擅自行動，但是讓阿修羅『照顧』你，又有點不太禮貌，所以斐姊吩咐我二十四小時貼身伺候你。」

「什麼？」狄念祖突然有種受騙的感覺，皺著眉頭說：「我剛剛猜想得沒錯，我和你們不是合作關係，而是奴役和被奴役的關係。」

「我也說過了，看你怎麼想。」溫妮淡淡地說。

「算了，不論如何，現在環境是舒服多了……」狄念祖攤了攤手，獨自走回電梯。「妳說我可以明天再開始工作，我想洗個澡好好睡上一覺，可以嗎？」

「當然可以。」溫妮帶著狄念祖，返回十六樓臥房。

狄念祖洗了個舒服的澡，換上乾淨的簡便衣物走出浴室，只見傑克早已窩在那軟馥的床上睡得香甜，又見溫妮靜靜坐在沙發上翻著書，他只覺得心中煩悶，也懶得追問傑克到底和月光說了些什麼，便大剌剌地躺上床，用手枕著頭。他好久沒有躺在這麼軟的床鋪上，不一會兒，便沉沉睡去。

□

嗶嗶嗶——

嗶嗶嗶——

一陣急促的警報聲乍然響起。

狄念祖和傑克登時從床上翻起，你看看我，我看看你，都不曉得發生了什麼事。

那頭，溫妮早已來到門旁對講機前，急促地說了幾句話。

「我立刻過去。」溫妮這麼說完，轉過身，似笑非笑地望著狄念祖。「你朋友逃走了，我得去帶她回來。」

「什麼——」狄念祖駭然大驚，急急下床，他見門口早已準備好鞋襪，趕緊取過穿上，說：「我跟妳一起去。」

「你願意出面最好，我可不想第一天就破壞我們的合作氣氛。」溫妮哼哼地說，開了門，取出手機集結手下。

狄念祖匆忙準備出門，突然轉身，對著傑克大吼：「你也跟我過來，你到底對她說了什麼！」

「小狄，你好心沒好報……」傑克被狄念祖的怒容嚇了一跳，心不甘情不願地跟上，躍上狄念祖的肩，喵喵說著：「我是在幫你，誰知道月光小姐她……」

「你究竟說了什麼？」

「我……我知道你喜歡月光小姐，我就說了些袁正男的壞話，說你的好話，我……我告訴月光小姐，斐姊生平最氣男人負心，而大堂嫂落在袁唯手裡肯定是凶多吉少了，到頭來，斐姊肯定會把所有的氣出在袁正男身上，跟著他沒好下場。我只是勸月光小姐不要那麼死心眼，趕緊甩了那軟蛋，和我們的大英雄小狄哥在一起！」

「什麼——」狄念祖呆了呆，陡然會意，只覺得心中一冷，急急喊著奔在前面的溫妮。「月光肯定去救袁正男了！」

「正是。」溫妮哈哈一笑，說：「我聽你的建議，吩咐手下拍了幾張袁正男的照片好讓你朋友安心。照片裡有他現在的居所，她正一路往那兒去呢。」

「哼！」狄念祖加快腳步，跟著溫妮來到電梯，一路向下。

外頭天色已黑，狄念祖這才意識到自己睡了許久。

只見整個園區比從高樓向下望時更加遼闊，有各式各樣的建築和營地，狄念祖跟著溫妮坐上一輛吉普車，駕駛才發動引擎，狄念祖便發現某個方向的建築群外觀與其他建築特別不同，那幾棟樓房都有十來層高，看上去更像是住宅樓房，而不是廠房、軍營。

「門口不是有阿修羅嗎，她……」狄念祖正要發問，突然轉頭回望剛剛那辦公大樓，只見大樓外觀有許多凸起構造，心想月光現在身邊有一票變形小侍衛，必定是破窗而出，再由糨糊等傢伙接力變形將她載下，事實上以月光的身手，即便獨力攀下也不是難事。

狄念祖本想斥責溫妮幾句，她在門口安排阿修羅，卻疏忽了擁有提婆等級身手的月光若真要逃跑，又豈會被十六層高樓和玻璃窗困住，但他見溫妮神情自若，突然醒悟，溫妮必定算準了月光定不會安分待在房裡，這兒警備森嚴，光是阿修羅等級的兵器便不知有多少，根本毋須顧慮月光。

斐姊對出自於女奴計畫的月光深惡痛絕，只是需要狄念祖配合，不得不將她當成嘉賓招待，此時讓月光獨自亂闖，惹出麻煩，正好有追究罪責的理由，狄念祖若仍要維護她，也只好乖乖做牛做馬，全力破解「火犬獵人」了。

「唉……」狄念祖一想至此，無奈之餘，只能嘆了口氣。他知道月光牽腸掛肚的王子是她生命中的全部，這是她在女奴計畫中被設定的使命，也是她生存的目的，她一旦得知王子有危險，自然像糨糊、石頭捍衛公主那般地要去拯救王子了。

「小狄，你在後悔嗎？」傑克怯怯地問。「月光小姐心裡根本沒有你，那時候如果你跟著大家一起逃，不回奈落，或許現在……已經自由了。」

「自由？」狄念祖苦笑著搖搖頭，說：「最早剝奪我自由的傢伙，好像就是你喔。」

「哼，小狄，你又來了，你又開始翻舊帳……」傑克雖然喵嗚抗議，卻不敢像以前那樣大發脾氣。他自知理虧，只好乖乖攀在狄念祖肩上。

吉普車疾駛向前，遠遠已見到住宅區域那兒聚集著好幾群人，狄念祖自車上站了起來，緊張地看著，卻沒見到月光，只見沿路有些衛兵橫倒著，有些傷勢輕微、有些頭破血流，知道這下子絕難善了。

「她是我帶來的，不管她做了什麼事，我會負責。」狄念祖望著溫妮，說：「妳們就等我這句話吧。」

「看你怎麼想囉。」溫妮攤了攤手，取出手機，吩咐幾句。

前方幾群衛兵立刻向兩側散開，讓吉普車一路駛上住宅區中庭，在一棟大樓前停下。

只見月光領著一票小侍衛，被四隻阿修羅團團圍住。月光雖未負傷，但似乎有些虛弱。

「啊！」狄念祖猛然想起，月光缺乏一些特殊養分，本來必須從他的血肉中攝取，但自從受擄後，實驗人員會定時讓她服用能夠補充營養的藥物，以維持她身體能量，但自昨日狄念祖等在奈落發動突襲開始，至今已有兩天。趙水初奪大權，根本沒將她的身體狀況放在心上，一些研究員甚至在突襲當天便已死去，今天一日兩戰，敵手都是阿修羅級別的兵器，月光的體力明顯虛弱許多。

「讓我來吧。」狄念祖這麼對溫妮說，接著一躍下車，穿過眾人，來到月光前方。

月光右手握著米米化成的戰斧，左手持著皮皮化成的圓盾，左邊站著石頭、右邊站著糨糊，前方還守著海膽侍衛刺針、六角侍衛小怒、圓球侍衛湯圓。

「飯，你是壞人，你幫他們欺負王子！」糨糊一見狄念祖便氣鼓鼓地破口大罵。「你纏著我們公主也沒用，公主她只喜歡王子，不喜歡你這臭飯，你敢過來，我就打死你！趕快把欠我的小汽車通通交出來，然後滾得遠遠的，再也不要出現在我們公主面前！」

「哼哼……」狄念祖聽糨糊這麼說，心中焦惱，一時間也想不出說服月光的理由，索性破口大罵：「對，我是壞人，怎樣，你忘了我是奈落大魔王嗎？奈落大魔王想要的女人，用搶的也要搶到手，誰管你王子不王子，他媽的，你這王八蛋糨糊，欠你的小汽車，我一輛都不給你！」

「飯——」糨糊聽狄念祖竟然公然賴帳，氣得大步衝來，甩出黏臂就往狄念祖小腿掃來。

狄念祖早已不是之前那個任由糨糊欺負的倒楣鬼了，他俐落避開，身子一竄，已經來到糨糊身前，一巴掌將他撥翻在地。糨糊怪叫一聲，黏臂直竄狄念祖胯下，但狄念祖先前才中過招，此時早有防備，他機警踢開那些黏臂，接著一腳踩下，只聽糨糊怪叫一聲，動彈不得——

狄念祖踩中了他的本體。

那位置就在糨糊五角星狀身體的下方兩角，那狀如胯下的附近——一般侍衛的本體接近身體中央，但糨糊與聖美的寶兒、玉兒過招吃了虧，之後臨戰時便將本體轉移到其他位置，這還是在狄念祖建議之下的欺敵招數，此時被狄念祖摸得一清二楚，出腳即中。

石頭見糨糊受制，立刻舉起石臂殺來，卻被狄念祖大聲喝止。

「你忘了公主的交代？她要你們兩個臭小子聽我的話！」

「可……可是……」石頭腦袋一時間轉不過來，只好回頭看看月光。他才剛回頭，便被狄念祖一巴掌搧倒在地，還沒來得及反應，只見狄念祖身形一矮，接著向前猛一竄。

直直衝向月光。

「米米——」月光見狄念祖來勢洶洶，不敢大意，揮動米米斧，向迎來的狄念祖攔腰斬去。狄念祖側身避開，只感到腰間一陣刺痛，摸了摸，竟被米米斧砍出一條血痕，他知道米米斧雖不如石頭斧厚重，卻堅韌鋒利許多，不禁有些後悔自己輕敵。他的格鬥技遠不如月光，若非她身子虛弱，速度緩上許多，他或許避不開這一斬，米米斧會將他攔腰斬成兩段，即便他身上有長生基因，恐怕也要躺上十天半個月了。

狄念祖接連避開幾斧，只見月光臉色蒼白，口唇發青，但斧勢卻越劈越狠，曉得她爲了救王子，正賭命相搏。狄念祖不禁有些難過，眼見一斧頭斜斜劈來，竟不閃避，只是抬起左手一格。

他的左手飛也似地離開了他的身體。

月光在漫天血花中見到狄念祖無奈的笑容，突然呆了呆，停下了動作。

然後胸肋處捱了狄念祖一拳。

這是一記未發動卡達蝦基因的尋常右拳，經過幾番改造的狄念祖，一般右拳也有著甚大的威力。

月光只感到一陣劇痛，肋骨似乎受了傷，正要還擊，但狄念祖已繞到了她身後，以那斷了掌的左腕勒著她頸子、右手拳槍化出的銳刃抵著她心窩，向正欲趕來助戰的糨糊和石頭說：「一群臭傢伙趕快給我立正站好，不然我宰了你們公主——」

糨糊、石頭等小侍衛還沒搞清楚狀況，只見月光一身是血，受制於背後的狄念祖，可個個嚇得呆了，一動也不敢動。米米和皮皮雖然靠得比較近，但反應不及，此時見到他的拳槍銳刃已劃破了月光衣服，也不敢輕舉妄動，被狄念祖催促幾句，乖乖離開月光雙手，落在地上，不敢動作。

後頭，溫妮早已備妥了數只堅實囚箱，將箱門一一打開，不動聲色。

「糨糊，你還不乖乖滾進去，信不信我把你們公主手腳折斷，把她的頭髮拔光，把她的心臟挖出來下酒——」

「飯，你好狠心！」糨糊被狄念祖的狠勁嚇得哇哇大哭：「你的小汽車我不要了，趕快放了公主！」

「你趕快進去箱子裡，我就放了她。」狄念祖說，接著朝米米說：「妳也一樣，給我滾進箱子裡。」

「你敢傷害公主，我會跟你拚命！」米米這麼說。

「再不進去，我就要傷害你們公主。」狄念祖哼哼地說，將月光往後頭拉，突然感到月光身子疲軟，毫無反抗力道，才意識到自己太用力，將她勒得暈死過去，趕緊鬆開胳臂，任她落在自己臂彎內。

後方，溫妮伸手一指，幾隊衛兵在阿修羅領頭下，將不知所措的小侍衛們通通趕進囚禁箱中。

糨糊進了箱子，見箱門一關，裡頭除了一條細縫之外一片漆黑，趕緊將眼睛轉移到那縫隙處向外偷瞧，還大聲尖叫：「飯，我進箱子裡了，快放了公主！」

只見狄念祖右手托著月光，將左手斷腕提在月光唇邊。

鮮血自狄念祖斷腕處，汩汩淋在月光的嘴角。

《月與火犬7》　完

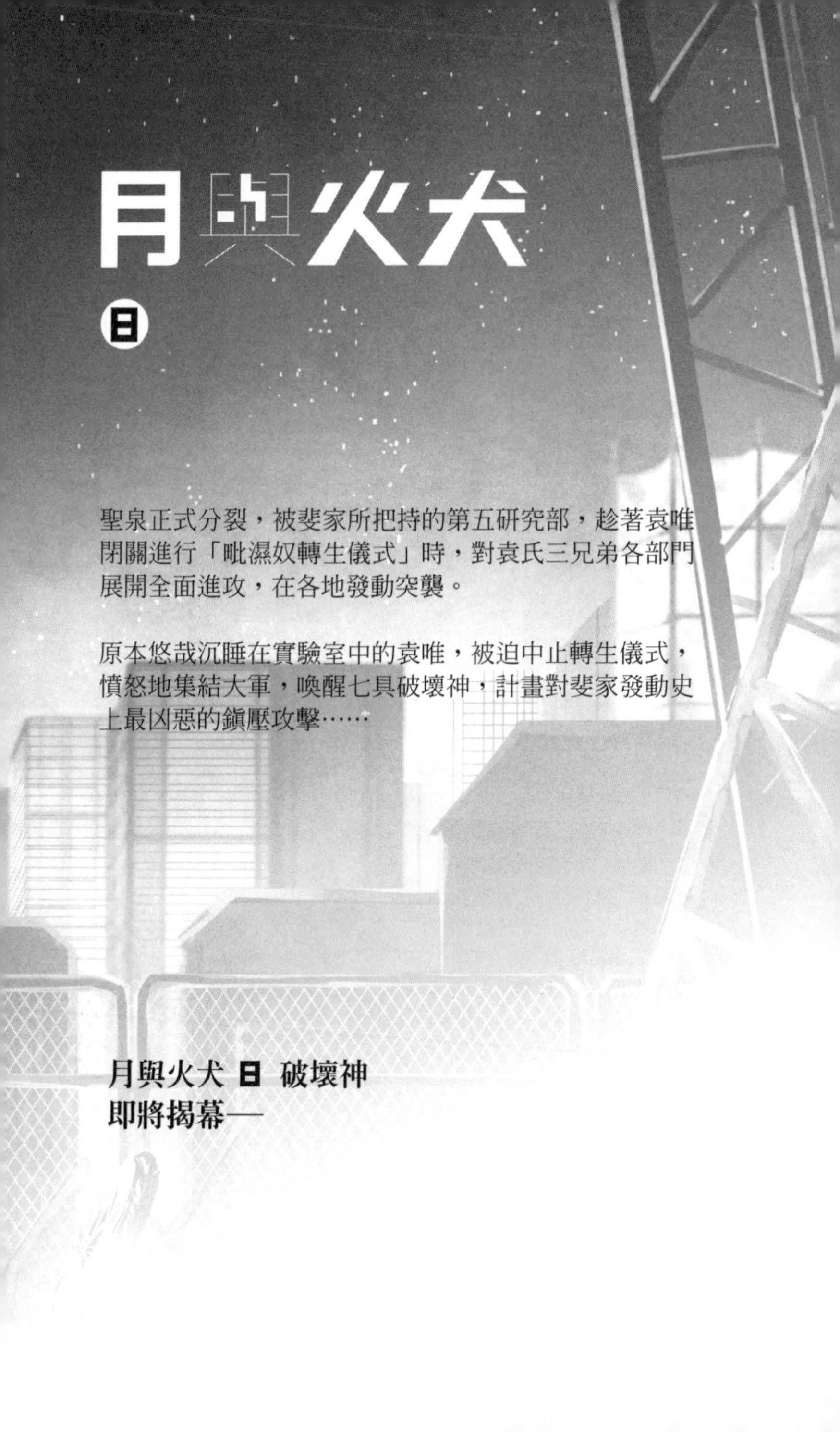

月與火犬

8

聖泉正式分裂，被斐家所把持的第五研究部，趁著袁唯閉關進行「吡濕奴轉生儀式」時，對袁氏三兄弟各部門展開全面進攻，在各地發動突襲。

原本悠哉沉睡在實驗室中的袁唯，被迫中止轉生儀式，憤怒地集結大軍，喚醒七具破壞神，計畫對斐家發動史上最凶惡的鎮壓攻擊……

月與火犬 8 破壞神
即將揭幕──

國家圖書館出版品預行編目資料

月與火犬7／星子 著；.—— 初版. ——台北市：
蓋亞文化，2012.05-
冊；公分.——（月與火犬；7）（悅讀館；RE257）

ISBN 978-986-6157-85-1 (平裝)

857.7 100005358

悅讀館 RE257

月與火犬 7

作者／星子
插畫／Izumi
封面設計／克里斯
企劃編輯／魔豆工作室
電子信箱◎thebeans@ms45.hinet.net
出版／蓋亞文化有限公司
地址◎台北市103赤峰街41巷7號1樓
電話◎（02）25585438 傳真◎（02）25585439
網址◎www.gaeabooks.com.tw
電子信箱◎gaea@gaeabooks.com.tw
郵撥帳號◎19769541 戶名：蓋亞文化有限公司
法律顧問／十方法律事務所
總經銷／聯合發行股份有限公司
地址◎新北市新店區寶橋路二三五巷六弄六號二樓
電話◎（02）29178022 傳真◎（02）29156275
港澳地區／一代匯集
電話◎（852）27838102 傳真◎（852）23960050
地址◎九龍旺角塘尾道64號龍駒企業大廈10樓B&D室
初版三刷／2013年6月
定價／新台幣 220 元
Printed in Taiwan

GAEA ISBN／978-986-6157-85-1

Gaea

Gaea